だいわ文庫

50歳になるって、あんがい、楽しい。

岸本葉子

大和書房

はじめに　50歳になるまえ、なったあと

50歳の誕生日をはさんだ数年間を綴りました。同じような日々を過ごしているつもりでも変化ってあるものだなと、振り返って思います。

この間、ものを減らしたり、古いものを処分したりをよくしました。カーテンや器なんて引っ越して以来十数年ぶり。化粧ポーチのような小さなものでも長く使い続けるほうなので、久しぶりの更新です。東日本大震災をきっかけにものとの関係を考えたことも、背景にはありました。

もうひとつ大きなできごとは旧友との再会です。中学の同窓会や高校への再訪を機に交流が復活。おかげで10代の自分ともようやく仲よくなれました。

変わらないのは理屈っぽさ。意味、目的、本義に立ち返って、のような言葉が文章にしょっちゅう出てきます。潔癖な女学生のような変なまじめさ、

堅苦しさ。そういうところからそろそろ卒業できたのではと期待していたけれど、読んでみるとまだまだ。この歳でこうなら、もう自分の特質として付き合っていくほかないのかも。

10代、20代という年齢は、率直に言って羨ましいです。肌にハリがある、体力がある、何よりもこれからの時間がたくさんある。

でもその頃の自分が、今の自分に比べて羨ましいかとなると、そうでもない。人やものごととの距離の取り方がわからなくて、自意識を持て余して、結構しんどかったという印象。

20代の頃は50歳になるなんて想像の外でした。なのに、あんがいふつうになってしまい、「ほんとうに50過ぎたの?」「こんなんでいいの?」ととまどったり、拍子抜けしたり。

年齢って、そういうものなのかもしれません。小学生の私に20歳の自分が想像できなかったのと同じで、いくつであっても未知なもの。

これからも「え、ほんとうに60歳?」「これでいいの?」と驚きつつ、その驚きを味わって生きていきたいです。

今回、文庫本化するにあたり、読み返して感じました。50代になってからのほうが、より生きやすくなったなあと。

40代ではちょっとしたこだわりから「NO」が多かったのが、50代に入ってからはだんだんに少なくなり、自分でも意外なくらいちょっとゆるくなって「YES」と言っている自分を見出している印象です。

50歳という年齢は、数字こそインパクトがありますが、そこを超えたら、あんがい楽しい世界が広がっていた。

そんな実感をお伝えできたらと願っています。

二〇一八年　盛夏

岸本葉子

50歳になるって、あんがい、楽しい。　目次

第1章　ビミョーな年齢の40代

第2章　ひとりだから、きちんと暮らしたい

第3章 もうすぐ50歳、なんだか不安

第4章　50歳になるって、なあんてことなかった

第5章 50歳になったら、自由になった

第 1 章

ビミョーな年齢の40代

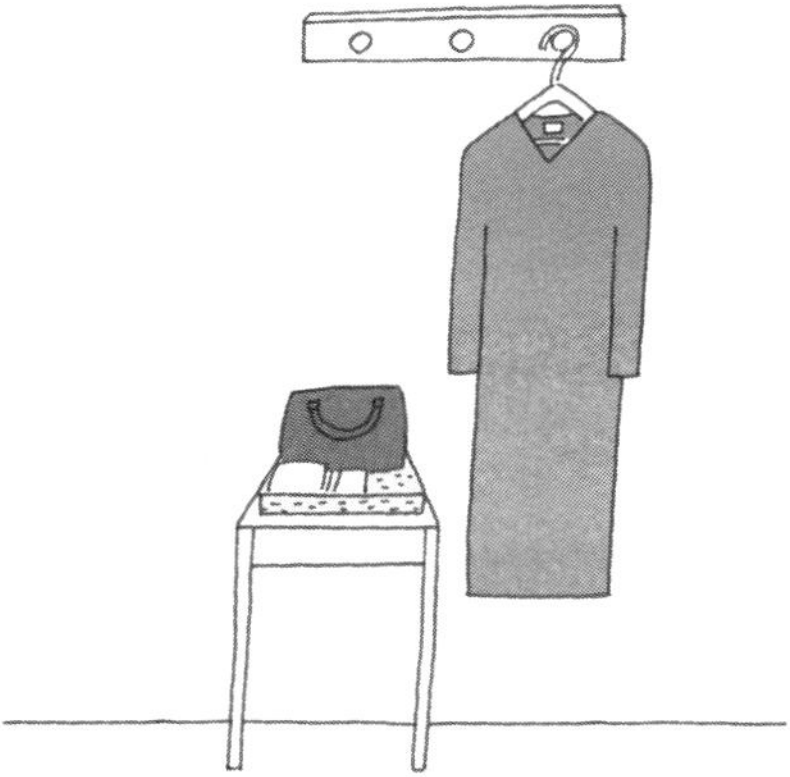

ひとり暮らしのスタイルは変わったのに

結婚しないまま40代に入って、ひとり暮らしも、もう二〇年以上。自分でも信じられない。これまで生きてきた長さの半分を上回るなんて。

パートナーとの暮らしに、ちょっときゅうくつさを覚えはじめた知人は、「いいなあ、私も自分だけの居場所がほしい」と溜め息をついた。

「でも、三六五日そうだと、どうしたらいいかわからなくなるかな。いったい何で埋めていこうか」

そう、時間も空間も全部自分のものになるのが、ひとり暮らしの特長なのです。

私はあまりにこの生活になじんでいるので、ふだん意識することはない。でも改めて振り返ると、20代と今とでは、同じひとり暮らしでも日々の中身が異なることに気づく。

部屋の中をとってみても、社会人になったばかりの会社勤めをしていた頃は、家具も調理道具も、すべてあり合わせだった。

「ここではないどこかに、いっぺんは身を置いてみたい。それには留学かな」なんて考えたりしていたから、心がまだ定住態勢になかったのでしょう。

「そのうち結婚するかもしれないし」というのも、かなり現実味のある頃だったから。

住まいはむろん器にも、こだわりのようなものはなかった。何であれ「持つ」「所有する」ということに関心が向いていなかったのです。

もらいもののテーブルに肘《ひじ》をつき、ティーバッグの紅茶をすすりながら、青年海外協力隊のパンフレットをめくる。それが20代の私を象徴する姿。

その頃と比べれば、もの選びのみならず人間関係などにおいてもずいぶんと違ってきている。

ひとり暮らしのスタイルも年齢とともに変わるのです。

20代や30代にはしなかったこと

寝る前にすることとで、20代や30代にはしなかったことがあります。明日出かけるための仕度。

仕度は大きく二つに分かれます。バッグの中身と服装と。

バッグの中身は、お財布、携帯、ティッシュにハンカチ。名刺入れは名刺が補充されているかどうかも確かめて。

手帳は必需品。何時にどこに行くかの予定や、遅れそうなときの連絡先も書いてある。

はじめて行く場所なら、都区内であっても、場所や乗り継ぎまで前もって調べ、地図をプリントアウトしておく。

われながら用心深くなったものです。時間を守る責任が重くなったせいもあるでしょう。遅れては「ごめんなさい」ですまない、社会的な関係の中で生きている。

10代から携帯を使いこなしている世代なら、これらの情報はみんな携帯ひとつですむのだろうけれど私にはとても無理です。

服装は、朝出してみて裾《すそ》がほつれていたり、折りジワがついていたりしては、組み合わせ全部を変えないといけないから、前夜のうちに点検しておく。映画やドラマなどでは、デート前の女性が着るものに迷い、パニックになりながらどうにかこうにか出かけていくが、この年齢になって、際どいことはもうしたくない。

ストッキングにいたっては、いざ、はこうとしたら伝線が！　なんてことのないよう、爪先まで手を入れ確かめる。われながら周到な準備。

早く寝たいのに、鏡の前でそんなことをあれこれしていると、疲れて頬が下がってくる。

「こんな顔では、服装ばかりいくら若づくりしたって意味がないわ！」と投げ出したくなるけど、そこをがまん。

その代わり、朝は余裕です。用意しておいたものに袖を通せばいいだけだから、直前までゆったりとポットで淹れた紅茶を味わう。

ティーバッグでない紅茶を朝から飲むなんて、20代ではとても考えられなかったこと。要するに、どこでゆとりを持つかの話なんですね。

寝る前のリラックス

寝る前のひととき、「リラックスするための習慣は？」とよく聞かれます。何だろう……。リラックス法と呼べるようなものあるかしら。

ひとり時間にすることとして思い描かれるのは、お気に入りのお香を焚《た》く、入浴剤を加えたお湯にゆっくりつかる……そんなところが絵になりそう。

でも現実の私は、寝る直前までバタバタと何かしらしている。

そもそも寝る前に、「ひととき」のある人がどれくらいいるんでしょう。

台所の片づけをしたり、返信しなければならないメールを打ったり、週一日しかない収集に出すため、燃えないゴミをまとめたり、新聞紙を束ねたりするうち、わっ、もうこんな時間！

とりあえず歯だけは磨き、洗顔は省略したいくらいだけれど、メイクを落とさないと肌に悪い。疲れた体をひきずるようにシャワーを浴び、ほんとうは髪も洗わないと限界なのだが、これ以上遅くなっては翌朝にさしつかえるので、あきらめる。そんなふうに、起きなければならない時間から逆算し、追い立てられるようにして、ベッドへもぐり込むのが常です。

なので究極のリラックスタイムは、すべての「〜しなきゃ」にケリをつけ、ベッドの上で「あー、終わった！」とあおむけに手足を伸ばすとき。

その瞬間です。やっと寝られる！ その解放感といったら、たとえようもない。

30を過ぎるまでは、この瞬間にこそ、さまざまな考えにとらわれてしまっていた。いつまでもこの繰り返しでいいのだろうか？ このままずっとひとりなのか？ 忙しく働いている間はまぎれていた、そんな迷いに。

でも今は、とにかく寝たい。その一心で雑念の入る余地がない。体力のなくなったぶんだけ単純に幸せにひたれる。その点でもラクになれたかもしれません。

片づけないと

引っ越しの季節。休日には近所のどこかしらのマンションの前にトラックが停まり、荷物を運び入れている。

私はわりと定住するほう。ひとり暮らし初期の20代の頃は、仕事の都合などで数年おきに引っ越しをしていたけれど、その後はあまり動かなくなった。今のところもう一〇年以上。

夫の転勤や子どもの学校のためといった自分以外の理由で、住まいを移ることがないせいもあるでしょう。今後出てくるかもしれない要因としては、親の介護、自分の加齢くらいかな。

気持ちのうえでも変化を望まなくなっている。

自分なりに心地いいように家を整えてきた。カーテンも調度品の配置も敷物も。部屋が変わると、カーテンひとつだって窓の寸法と合わなくなる。

家の中だけに限らない。ふだんの暮らしで、「こういうときはこの店へ探しに行けば」あるいは「この業者に相談すれば、なんとかなる」と、おおげさに言えばマイ・システムのようなものができあがっている。それを崩してイチから構築し直すのがおっくうなのです。

でも知り合いには、この年代になっても引っ越し好きの人がたまにいます。心機一転する感じがいいのだとか。

先日も住所変更のメールが来ていた。

「たんすの引き出しをひっくり返すと、出てくる出てくる！　とっくに有効期限の切れた、近くの喫茶店の割引券とか。われながら呆れました」

どきっとする。私も引き出しの奥までほじくり返したことはない。一〇年の間に、さぞやたまっているのでは。

「次に仕事が一段落したら、総点検して、要らないものを処分しよう」

そう刺激されることの多い、そんな季節です。

まだ見ぬ理想の男性

40代に入っても、「結婚相手はどんな人がいい？」と、たまに聞かれることがある。私の答えは「ふつうの勤め人」。

若い女性なら、いわゆるクリエーターに憧れるかもしれない。個性的なファッションで、おしゃれな店に出入りしていて、いろんな人と交流がある。結婚してからも、自分の世界を広げてくれて、刺激的な日々を過ごせそうな男性。

でも私は、そういうものを求めない。服装だってふつうの背広にネクタイがいい。「だったら、いくらでもいるじゃない」と突っ込まれることもある。「満員電車に乗っている男性の九割方が、ふつうの勤め人だよ。なのに結婚していないのは、何か他に条件があるのではないの？」

そうかしら。私の言う〝ふつう〟が意味するところを考える。

真面目というのが、まず挙げられますね。第一印象が際立ってなんかなくていいから、社会人として、ごく基本の礼儀正しさで挨拶ができる。

組織の中で働いていれば、不遇に感じることもあるでしょう。そんなとき「何であいつが……」とか、人を悪く言ったり投げやりになったりすることなく、動じぬ態度で、そのときどきの役割を引き受け、たんたんとこなす。

自分の現在を人のせいにしない。ましてや妻にあたったりはせず、家庭においては常に温和で、いざというとき頼りになって……。「それって、ふつうどころか、むちゃくちゃ理想が高いよ」と指摘されてしまった。

その可能性、あるかもしれない。ずっとひとり暮らしで、男性の現実とあまり深く関わることなくきた私は、理想とする男性像が実は高校生レベルから成長していないのかも。

果たして条件にかなう男性がいるのだろうか。ソファにいても、空席のままの自分の隣が少し気になったりするのです。

友だちは多い？　少ない？

友だちって、ふつうどのくらいいるものなんだろう。私はたぶん、すごく少ない。仕事の知り合いで気の合う人は何人もいる。中でも特によくやりとりしているのは二人かな。どちらも同年代で独り身の女性。

ひとりは出版社勤めで、知り合ってからもうずいぶんになる。もうひとりは、フリーで編集をしたり文章を書いたりしている人。

そういうのって、いわゆる「業界」内で仲よくしているようで、昔はすごく抵抗を感じたけれど、やはり悩みが通じやすい気楽さはありますね。「こんなことがあって、怒り心頭！」と話しても、「でも好きな仕事してるんだから、いいじゃない～」で切られてしまわない、安心感というか。

フリーの人とはたまたま家も近所なので、店などの情報交換もときどき。

同じ美容院で髪をカットし、お揃いの筆記用具を持っているので、周囲からは「姉妹じゃないの？」とからかわれることもある。それくらい親しくても、仕事以外の用事で家を行き来することはない。ましてや泊まり合うなんて。その点は、出版社の人とも同じだ。

では、どんなふうにやりとりしているかといえば、メール。メールによる人間関係は問題ありとされるけれど、私たちのような距離感でつき合いたい者にとっては、ほんとうに便利なものができました。電話と違って、たがいの私生活をじゃましなくてすむ。

もちろん「受信したら、すぐに返信すべし」などの拘束はナシ。それぞれのペースで送る。

「仕事ではありません」と件名で断ってからの近況報告。異性の話題が出ることもあるけれど、当人が言わない限り、「つき合っている人いるの？」「結婚は？」などとはけっしてたずねない。プライバシーは尊重して。

数少ない友だち関係の、中身はそんなふうです。

子連れの女性に思うこと

家の近くに小さな公園がある。買い物や駅との行き来のときによく通る。昼間だと子ども連れの女性が少なくない。ベビーカーを傍らに置き、草の上で遊ばせている。

よちよち歩きの子どものキラキラ光る瞳、飛びっきりの笑顔で母親のほうへ近づいていき、母親は両手をいっぱいに広げて迎える。家庭用品のコマーシャルに、そのまんま使えそうなそんな光景がくり広げられています。

心の中で小さな溜め息。

40代になっても、まったく何も感じないわけではありません。

30歳になる頃は、もっと切実に胸を揺さぶられていた。

仕事も私生活も何もかも模索中なのに、同年代では結婚して子どもを持つ人も出てきている。

「これから高齢出産にもなるし、どんどん機会は失われていく。子どものいる人生を選ぶなら、今、なんとかしないと」という焦りをおぼえたもの。

でも、そのためにパートナーを探すというのも、順序が逆に思われて先延ばしするうち、40代も早や半ば。今からでも出産がまったく不可能なわけではないけれど、子どもが成人するまでの年月や、「その間、育てるのに要するお金をまかなえるだけの収入が、あり続けるかしら。そもそも体力があるかしら？」などと考え出すと、現実的でない。

どうかすると、高校野球の球児の母親が、自分と同年代だったりするのですものね。

小さい子を連れた女性を見ても、「さあ、どうする？」と選択を迫られる思いはもうないけれど、

「私はしないで来てしまったけれど、こんな生き方もあったんだな」

そんな、過去を振り返るような目線をしている自分に、気づくのです。

とがめる人がいなくても

知り合いに、布物が好きな女性がいる。テーブルクロス、クッションカバー……店先でちょっといいなあと思うと、素通りできないのだそうだ。

先日も、支払いをすませて出てきてから、「しばらくは、夫に見られないように、隠しておかないと」と言う。

私は思わず「どうして？」ときいてしまう。自分で働いたお金なのだし、生活費はちゃんと分担しているのに、なぜ？

「もちろんそうで、臆《おく》することはないんだけど」と照れ笑いする彼女。夫から、「また？　この前も買ってきたじゃない。カバーばっかり、そんなにあってどうするの」と指摘されたりしたら、なんとなく恥ずかしいのだそう。

あっ、その感覚、わかると思いました。同時にそれこそ、自分に欠けているものだなと。

ひとり暮らしをはじめて間もなく気づいたことは、「もしも、私が二日続けて洋服を買っても、ケーキを食べても、誰にも咎《とが》められないんだなあ」ということ。

親元にいたときは、洋服を買うなんてたまの贅沢で、ケーキだって特別な日に限られていた。おこづかいの範囲内で可能だったとしても、親の目を気にして控えたと思う。

でも今は、生活費のやりくりさえつけば、何にどう使おうと許されてしまう。自由と責任への〝とまどい〟というのかな。解放感よりも、むしろ居心地の悪さをおぼえたもの。バーゲンの季節なんて、ほんとうに二日続けて服を買って帰るときもある。そして、なぜかしょげるのです。

ひとりだと「家族の視線」という抑止力がなくなる。それに代わるのは、「私、こんなことをしていいのかな」という罪悪感。

無駄遣いをくい止める、唯一のとりでとなっています。

パートナーに求める条件

理想の男性像についてのエッセイを読んだ人から言われました。

「パートナーに求める条件を上から順に挙げたとき、四番目のが、相性の合う・合わないを決めるんだって」

四番目になると、つまらないことと言われそうな、具体的なことが出るのがふつう。服の趣味、食べ物の好み、癖など。それこそが、実はいちばん大事だと言うのです。

どきっとした。

理想はと問われれば、生き方や性格をまず考える。でもたとえそれらをかなえた人とでも、意外につまずきそうなのは金銭感覚。家計の規模の問題ではない。限られたお金を何にかけるか。

私でいえば食べ物。お酒は飲まない、外食もほとんどしない。その点では締まり屋と思われるでしょう。でも、材料にはそこそこだわる。

特に魚。魚はおいしく食べたいし、化学物質をなるべく避けているので、養殖より天然がいい。干物も無添加のを選ぶ。すると結構、高くついてしまうのです。どうかするとアジの干物でも一枚五〇〇円近く、ヒラメの刺身なんて一パック一〇〇〇円近く。

もしも、いつものスーパーに、パートナーとなった男性がついてきて、私のふだんの買い物行動を見たら、「一〇〇〇円近い刺身を、平然とカゴに入れるか？」と目をむくのでは。

なんて贅沢な女だ、とてもやっていけないと。

私は私で、「干物なんか、どれだって同じだろう。そのぶん節約して、たまにはいい肉食おう」などと言われたら、それだけで別れの原因となりそう。

きれいごとではすまない。生活をともにしていくとは、そういうことなんだろうなと思います。

愛があっても乗り越えられないもの

40代にして、久々にトキメキをおぼえたという女性がいます。

ちょっといいなと思ったその男性が新居を構えたので、仕事仲間とお祝いに行った。独り者だが、週末に土いじりをしたくて、庭の持てる郊外の一戸建てを購入したのだとか。

集合は彼の家の最寄り駅。なじみのない路線だけれど、電車に乗って出かけていった。むろん、この機にお近づきになりたいという下心があって。

結果としては……「あ、私、だめだなと思った。もし仮に、向こうも私のことを気に入って、両想いになったとしても」と言う。

早く着いてしまったので、コーヒーを飲もうと、駅の近辺を探した。喫茶店はなかった。ファストフード店がひとつきり。席では女子高生が化粧をし、若い母親たちが、子どもをそっちのけでおしゃべりに夢中。

「将来、彼と待ち合わせるにしても、ここしかないのか」と思うと、百年の恋もさめるような気がしたそう。彼とともに時間を過ごしたいがために、この町まで通ってくる自分は想像できない。ましてやそこに住むなんて。かといって、彼のほうが動くことは、家を買った経緯からしても考えられない。

自分がいかに、今の暮らしになじんでいるか、思い知ったという。

きちんとした主《あるじ》のいる珈琲店があって、ドリップコーヒーをていねいに淹れていて、その香りに包まれながら本を読む時間を気が向いたらいつでも持てる。そういったことが、いつの間にか生活の一部になってしまっていて、失うのはいかにつらいかを実感したそう。

「愛があっても乗り越えられないものが、世の中にはあると思っていたけど、自分にとって、まさか住んでる町がそうだとは」

溜め息をつく彼女です。

プチ信心とお守りグッズ

仕事でよその家を訪ねることの多い知人がこう言いました。

「ひとり暮らしの女性の部屋って、何かしらこう、魔除《まよ》けっぽいものがあるんだよね」

鎮静効果のアロマとか、あたりを清めるお香とか、邪悪なものを退けるとの言い伝えのあるインドネシアの装飾品といった浄化、お祓《はら》い、お守り系のもの。

たしかに思いあたる。同世代の女性の事務所兼自宅に行ったとき。「ほんとうはここに収納を置いて、生活空間と分けたいんだけど。でもそうすると、流れが滞って悪い〝気〟が出ていかなくなるんだって」と聞かされ驚いた。そんなことを気にしそうには全然見えなかったのに！

インテリアだと、風水に凝る人もいますよね。

「黄色なんて別に趣味じゃないけれど、風水では、私のところは黄色がいいらしいのよ」と、しぶしぶ雑貨選びしている人もいた。

かく言う私の部屋にもあるのです。空色をしたモンゴルの古い嗅ぎ煙草入れ。モンゴルでは青は天を象徴する聖なる色と聞いて、飾り棚でもいちばん上の段にしないといけないそう。

女は33歳が厄年。やはりお肌や髪も衰えるし、若いときと同じようにしていては、体のあちこち変調をきたす頃。「厄年って、ほんとにあるのかも」という気がします。

そんなとき、親が代わりにいただいてきた神社のお札をもらったりすると、何となくタンスの上に置いて拝んだりする。その習慣の名残りでしょうか。

ものごとはそうそう思いどおりにいかない。運や巡り合わせも大事と、そこそこ長く生きてきて身にしみているし。

攻めに出るより大過なきことを願う、プチ信心の表われです。

髪に束ねたあとをつけている人へ

髪にゴムのあとが残っている女性がいますね。耳のあたりの高さに、そこだけ波打つような、不自然なくせがついている。

昼間、街を行く中にも、ふとした光の当たり方で波々が目立つ人がいて、「さっきまで、ゴムでひとつに束ねていたのだな」とわかるのです。そういう人が好きです。

家にいるときは無造作に結んでいるのでしょう。そのかっこうで掃除機をかけたり、台所仕事をしたり、もしかすると在宅ワークで、パソコン入力などを必死にこなし、ようやっとひと区切りつけて今出てきたところかも。

今どきの40代らしく、そこそこおしゃれな服装をしているけれど、その姿の向こうに、なりふり構わず何かをしている時間が透けて見えるようで。

そういう一生懸命な時間のある人が好きなのです。

隙というか、そんなことは気にしないところにも親近感をおぼえる。自分をベストのキレイな状態に整えたい人なら、家ではゴムで束ねていたとしても、外へ出る前にブローして伸ばし、跡を消そうとするでしょう。

ゴムのあとに無頓着な人はそこまでは目指さない人。完璧にきれいにすることに重きを置いていない人。その優先順位のつけ方も、私と似ているなと。

夜、仕事帰りの人とともに電車に揺られているとき、ゴムのあとのある女性を若い人でもよく見かける。

ファッション雑誌に載っていそうなヘアスタイルで、ヘアマニキュアもしているのにそこだけは波々。職場ではジャマだからひっつめているのでしょう。人の目もあるけれど、かわいく見えるより働くあいだは実用第一。

そんなタイプの人なのではと想像し、なんとなくうれしくなる私です。

ひとりでいたくないときは？

ひとりでいたくないときは、何をしますか？　そんな質問を受けました。「ひとりでいたくないときは、ありません」と答えたけれど、素っ気なさ過ぎたように感じて、もう少し考えてみる。

ひとりでいるのに耐えられず、誰かにそばにいてほしい、という衝動にかられることは、日頃の自分を振り返ってもやはりない。

もちろん、人と話したくなることはあります。だいじな決断を前に、迷っているときなど。

40歳で病気とわかり治療するに先だっては、どこへ行けばいいか、仕事上の知人に相談した。父のため、とあるマンションを買おうかどうか悩んだ際は、姉に現地までいっしょに行ってもらったし、その後も何度も電話した。

でもいずれのときも、相談が終わると、寝つくことができた。ひとりでは居ても立ってもいられず眠れないなんてことはない。

だからといって、自分が強い人間だとは思わない。たまたまこれまでは、心の安定を失うほどの出来事に遭《あ》わずにすんでいるだけ。

そばにいなくても、いざとなれば信頼できる人や、親身になってくれる人がいると思えるのも大きいかも。

駅から家への帰り道がまっすぐ西へ延びているので、夕陽をよく見ます。日によっては、薄紫と茜色で染め上げられた空があまりに美しくて、息を呑《の》むほど。そんなとき、ふと考える。私は今この空を「美しい」と感じているけれど、同じ空を目にしても、つらくてさびしくてたまらないときが来るかもしれない。親を亡くすとか、好きになった人に裏切られるとかして。

「そのときは、誰かを頼っていいんだ。ひとりでいたくないなんて、弱いこと、恥ずかしいことと、思わなくていいのだ」

そう自分に言い聞かせるのです。

人の言葉に耳を貸せますか

プールにときどき行っています。水中ウォーキングに限らず、クロールもするようにしています。

コース内の片側を進み、はしに着いたら反対側を戻る。同じコースを二人で使うときは、途中ですれ違います。

ある日、そうして一つのコースを分け合っていたら、腕と腕とがぶつかった。とりあえず、はしまで泳ぎきってから、足をついて振り返ると、相手はターンするところ。頃合いをみて近づき、声をかける。

「さっきはすみません。腕が当たってしまって」

60くらいの女性だったが、返ってきた言葉に、絶句。

「そうよ、すっごく痛かったわよ」

そ、そうかもしれないけれど、これまで他の人とは軽く頭を下げ合って、「お互いさま」という感じですんでいた。私だけが悪い？

彼女がつけ加えて言うには、

「あなたのクロールは間違っている。私の言うとおりにしてご覧なさい。私は水泳のインストラクターもしていたから、嘘はつかないわ」

なぜこんなはめに……内心、不服ながら従いました。体を棒のようにしないで、腕をかくのに合わせ、右に左にローリングさせる。

するとそれだけで、息継ぎがすごくラクに！　無理して首をひねらなくても、自然に顔が水の上へ出る。

「ほんと、全然違いますね！」

感動して、彼女のほうを振り向いた。

以来、泳ぐたびに、彼女のレッスンを思い出しています。

40代では、人の言うことを素直に受け入れにくくなりがち。仕事でも私生活でも、誰かに指示される場面が減って、言われる内容がどうこう以前に、口を出されることそのものに拒否感をおぼえてしまう。

あのときも、ぶつかった後ろめたさがなければ、教わるのを断っていた。

でもそれは何かを得る機会を自分から逸《いっ》しているも同然。

いくつになっても、心をオープンにして人の言葉に耳を貸せる人でありたいと、反省をこめて思ったのです。

パワーストーンに魅かれて

このところ、石に魅《ひ》かれています。お寺の庭とか枯山水とか、そっちのほうの石ではないのですが。もちろん、そうした黙して語らぬ岩のようなものに何かを感じる、渋い人にはなりたいのだけれど。目下のところは装身具の石。宝石のように、小さく精緻《せいち》にカットされ磨き上げられたのではなく、天然石に近いものです。

何の気なしに入ったアクセサリー店。よく見れば、置いてあるのは全部石だった。さまざまな色がある中で、深紅の石に魅きつけられた。サンゴよりもっと濃い赤。カーネリアンという石だそうです。

楕円形で縦の長さは約三センチとかなり大ぶり。色そのものも、ふだん首回りに銀のものくらいしかつけない私にはかなり強い。

でも、鏡の前で胸元に当てると、まったく違和感をおぼえなかった。

「こんなインパクトのあるのでも、私、だいじょうぶなんだ」とむしろ驚いたほど。楕円というオーソドックスな形と、アンティークふうの飾りを施《ほどこ》してあるいぶし銀の縁が、印象を和らげ、なじみやすくしているのか。

思いがけない買い物をして以来、ときどき覗《のぞ》くようになった。

知ったのは、石にはそれぞれ意味があるらしいこと。店の人は、向こうから説明することはないけれど、聞けばいろいろ話してくれる。

昔の人は、石の美しさもさることながら、魔除けとか、不思議な力のために身につけたそうです。カーネリアンは、その人の持つものを内側から引き出してくれるとか。数あるうちで、私がそれを選んだのも、必然のこと？

たしかに、服を選ぶのとは違う。

「あのセーターにあの服を合わせたいから、こんな色のがないかしら」と思って行っても、全然別のに魅かれたりする。どんな出合いがあるか、楽しみです。

20代の写真を捨てる日

本棚のいちばん下の段にある紙製の収納ボックスを久しぶりに開けてみました。その場所に置きたいものができたので移動させ、ついでに中身も減らせるならば減らしたいと。

入れてあるのは写真。20代後半から30代にかけて、旅先で自分で撮った。北京に一年、シンガポールに一カ月留学し、その機に訪ねたところのものがほとんどだ。

見はじめると、それなりに感慨はある。

中国もこの頃はまだ経済発展していなくて、ハルピンの目抜き通りに荷車を引くロバがいたなとか、人々の服装も地味で、テレビがたまに伝える今の様子とは、別世界のようだなとか。

シンガポールにあった古い植民地時代の建物も、観光資源となってきれいにされ、道ばたの床屋さんなんて、もういないかもしれない。

撮ったときは、仕事や私生活の悩みもなくはなかったはずで、切り取った風景には心象が投影されているような気がする。でも、だからといって、どうってことないものですね。意外なほど執着なく捨てられる自分がいる。

ここに写っているのは、そのときにしかない失われた街の姿かもしれないけれど、どうしても見たくなったらプロの記録写真があるだろう。

そして撮ったときの思いのほうは、自分の心の中におさめられている。なので、これはなくていい、これもういい、と整理していったら、取っておくぶんはほんのひと握り。長いこと何を大事に持ち続けていたのか不思議なくらい。

いつかこれも要らなくなる日が来るのだろうと思いながら、残したひと握りを引きだしの奥にしまいました。

ひとり暮らしの家事の楽しさ

パートナーとの暮らしに終止符を打ち、シングルに戻った女性が言いました。「ひとりになったからって、家事が半分ですむわけでは全然ないね」

ひとりはラクでいいねと私に対して前に言ったけど、あれは誤りだったと。

洗濯物を干してたたむ量はたしかに減る。でも洗濯をする回数は前のまま。

炊事も、昼はもともとそれぞれ外で食べていたので、家で作るのは朝晩のみ。回数は変わらない。

調理時間も、二人分とではほとんど差がない。

掃除については、彼といた部屋にひき続き住んでいるので、掃除機をかけるのに要する時間は同じこと。

そもそも、ひとりなら二人で生活する場合の二分の一のスペースで足りるというものではまったくない。

家にひとつ、必ず要るものや設備はあるし、トイレ、お風呂、ガス台……

それらを維持する手間と費用は、まるまるかかる。

「シングルって、不経済」というのが、彼女の実感だそう。

それでも、精神衛生はいいと言う。前は、流しでコップひとつ洗っていても、「私のほうが、なんか余計にさせられていない？」と、つい比べてしまっていた。

その背中へ、プロ野球ニュースを観ている夫の歓声が降ってくると、怒りがわいたり。風呂に入っても、夫が使った後の水の飛びはね方が、いちいち神経にさわったり。

愛のない（なくなった）人のぶんの家事労働ほど、負担に感じるものはない。今はすべて自分のため。汚してもこぼしても自分の責任。

シングルの家事は、その種のラクさがたしかにあると、二人で暮らした経験のない私も認めます。

自分のことをほめる

日にいっぺんは自分をほめよう。そんな呼びかけをよく聞きます。大事なのは紙に書くこと。できればノートを一冊用意し、その日できたことやほめ言葉をつけていく。自分をより好きになり、ものごとや人間関係もいいほうへ動きはじめると。

理屈はわかっても実行したことはない。忙しいし、なんだかそらぞらしいような。

書くとしたら「この仕事を夜までかかって終わらせた、よくやった！」でもすぐに「別に、当たり前」と打ち消してしまい、それよりも、できなかったことのほうが気になって、明日に備え急いで寝る、というふうになりそう。

「それって一見、大人の態度だけど……」と同世代の女性。

その人はちゃんと書くそうです。ノートまでは作らず、毎日でもないけれど、できること、振り返って頑張っているな、よくやってきたなと思うことをメモ帳のすみに。

人目にふれるものでないから謙遜は無用。私ひとりの力ではないし……など否定せず、図々しさに徹する。

「あなた、最後に自分をほめたの、いつ？」

ひとりになり、試しに紙に向かいました。

・できることは？　→資格は特に持っていない。
・文章を書いている？　→今はブログやツイッターで誰でもしている。
・服をキチンとためる？　→ものが散らかっていない部屋を保てるか？
・食事を手早く作れる？　→ただし込み入ったおかずでなければ。

歯切れの悪い言葉が並びます。

・よくやってきたなと思うことは？

↓これは書けるかも。不安定な職業を二五年間続けてこられた。18歳から経済的に自立してきた。

人の縁や運、社会情勢に恵まれて、などの注釈はあえて付けない。最近では父の住まいを用意して介護の体制を整えたことかな。

書いた紙を見ると、何かが静かに胸に満ちてくる。

何十年と生きてくれば、自分をねぎらえることがきっとある。自分にだめ出しする癖のついている人に、そう伝えたくなりました。

第 2 章

ひとりだから、
きちんと暮らしたい

身のまわりに置きたい色

同世代のひとり暮らしの人と、髪のつや出しスプレーの話になったとき、彼女が洩《も》らしたひとことは、

「スプレーしたほうがいいんだろうけど、缶の色がどれも認めがたくって」

彼女が守りたい一線は、わかる、と思った。住まいはどこよりもほっとできる空間。だから置くものの「色」には気をつかう。

自分にとって落ち着かない色、それがあるとくつろげない色は、なるべく排除したいのだ。シャンプー、歯磨き、食器用洗剤など、出しっぱなしになっていて常に目に入るものは、ことにそう。

わがままと言われるだろうけど、そういう基準で身のまわりのものを選ぶことの許されるのが、いろいろな迷いを経た末に自分の空間を得た人間の特

権でもあるはず。

またその種の品の容器は、なぜか神経を逆撫《さかな》でする色が多い。食器用の洗剤にしろ、クレンザーにしろ、フタもラベルも変に主張のある色なのだ。それだけを見たときは悪くないのかもしれないけれど、メーカーには「人の暮らす部屋の中でどうなのか」という視点で考えてほしいと思う。

私の場合、洗剤類は、白い無地のプラスチックのボトルに入れ直している。詰め替えできない練り歯磨きは、効能よりもチューブのデザインを優先。さきの女性が悩んでいたヘアスプレーも、詰め替えのきかないものですね。

歯みがきコップなどのプラスチック製品も、目の休まらないものが多い。「ピンク！」と「！」マークをつけたくなるほど、極端に人工的な色だったりする。

家電製品も、そのへんはかなり無神経。だからこだわる人は外国家電へ流れてしまうのです。

色について、胸にためていた気持ちがあふれてしまいました。

急須でお茶を飲む

「私、いい急須をずっと探してるんだけど」

仕事でたまたま知り合った、同じくひとり暮らしの女性がつぶやいたとき、「あなたもですか！」と叫びたくなった。そう、急須は長年の懸案《けんあん》事項。「急須なんて、いくらでも売ってるじゃないの」と言われるかもしれないけれど、そこそこ感じよく、愛着がわき、長いおつき合いのできそうなのは意外とない。

子どもの頃、家に職人さんが来たときお盆に載せて出したような、白地に藍の模様のなどはたしかに今もある。

ふつうっぽくて悪くないとは思うけれど、あまりに実用的、かつ大量生産的。つるもビニールを巻いてあったりで、今ひとつ味わいに欠ける。何よりも大きすぎて、ひとり暮らしには向かない。

かといって、和風喫茶でお煎茶を淹れてくる渋い朱色の常滑焼《とこなめやき》の急須、あれもちょっと違うなと思うのです。小さくて形も上品すぎ、ほうじ茶だと葉っぱだけでいっぱいになってしまいそう。

古道具屋を覗いても、お皿や鉢はたくさんあるのに、急須は、はて、なかなかない。「昔の人って、何でほうじ茶、飲んでたんだろうね？」と友人にきくと「土瓶じゃない？」との答えが返ってきた。

土をひねって焼いている工房兼店のようなところだと、こんどは「芸術」って感じになり、ふだん使いなのにおおげさ。

そんなこんなするうちめぐりあったのが、ほどよいサイズの二つ。一つは安南《あんなん》青磁ふうの色。もう一つは粉引《こひき》のような白で、鼻と耳にあたるところだけが黒い、ご近所にいる犬を思わせる。どちらも親しみやすさと温かみのある風合いが気に入った。

なんてことないけれど心なごむ。今の私のもの選びに際しての基準です。

お弁当日和

いつもより少し時間にゆとりのある日。買い物に向かっていた私の頭に、天気がよかったせいかしら、お弁当という言葉がふっと浮かんだ。

お弁当、語感がいいですね。子どもの頃、親が持たせてくれたときのうれしさ、懐かしい。

自分で作るようになってからは、ワンパターンになりがちだけれど、お弁当というのは実は人によって千差万別、個性が出るもの。ゆえに秘密を隠し持っているような、気恥ずかしさと誇らしさがあったりして。

そうだ、久しぶりにお弁当箱を見にいこう。買い物をすませた後、雑貨屋へ出かけてみる。うちにもいくつかあるけれど、そろそろひとつ新調してもいい頃かも。あるもので用は足りるのに、無駄使いと言えば言えるけれど、ささやかな贅沢を自分に許そう。

今使っているのは赤っぽい漆塗《うるし》りだから、違う色合いのにしたい。曲げわっぱにひかれるが、内ぶたがないので却下。おかずの汁がもれてしまう。

あれこれ手にとってみた末に、籐《とう》で編んだ籠ふうの二段重ねのものにする。赤の漆よりも大人っぽい感じです。ついでに、江戸小紋を思わせる柄の風呂敷ふうお弁当包みも購入。同世代の女性には着物道楽に行く人が少なくないけれど、私の場合、これくらいのつましいところで〝和〟を楽しむのが向いていそう。

さらに本屋へ寄り、お弁当の本を探す。子ども用のが多いけれど、私の目的は別にあって魚のおかずを開発すること。これを機にレパートリーを増やしたい。ところが菜食のお弁当の本は結構あるのに、魚のはなかなかない。かなり長時間、真剣に本棚を探求してしまった。

本日のゆとり時間はこれにて終了。外で広げて食べたわけではなくても、お弁当を目で味わい、それはそれで満足なお弁当日和《びより》の一日でした。

魚をおいしく食べたい

ドアチャイムの音に、はじかれたように玄関を開ける。

届いた品の梱包をいそいそと解く。

先日買って配送を頼んでおいたフィッシュロースター、魚焼き器です。

あるそば屋で、趣味人ふうのオジサンと食通ふうのオジサンとが話しているのをたまたま耳にした。

「○○社のあれは、うまく焼けるね。炭火と違って、失敗がないし」

そうなんだ。魚をおいしく食べたい！　というのがかねてよりの願いだった私は、早速、家電量販店へ走った。

情報源が「そば屋の会話」というのがおしゃれでないけれど、実のところ、若い女性向けのお店ガイドより、シニア雑誌のお取り寄せ記事なんかに、つい心動くこの頃です。

取り扱い説明書を読むと、何々？　焼き加減は自動で調節。ファンが熱を対流させ、包み込むように焼くので、裏返す必要もないという。

ガスだとそのタイミングが難しく、ちょっと目を離した隙に焦げてしまったり、なかなか満足のいく焼き上がりにならない。これは、期待できそう。

試しに焼いたアジの干物は、たしかにおいしい！　ふわっとして、かつ、香ばしく、いつものアジがまるで高級品のよう。

干物でこんなに差がつくなんて。サンマの季節が今から楽しみ。

それにしても魚好きになったものです。20代の頃は、おかずを自分で作るにもほとんどが肉だった。

でも今は、肉よりも魚をご馳走と感じる。食生活全体が和風寄りになったからか。のみならず、「よりおいしく」を追求して、魚焼き器まで購入してしまうなんて。20代や30代のひとり暮らしには、なかなかないアイテムではと思います。

質感は大事

疲れて帰ってきて、服は椅子の背にかけっぱなし。

読みかけの本や手紙類が、机の上に重なっている。

散らかりようは仕方ないと思うけれど、その中でポリ袋だけは床に一枚落ちていてもとても気になる。

どうも私は、ビニールやプラスチックのものが視界の中にずっと位置を占めていると、落ち着かなくなるようです。プラスチックの梱包材にくるまれた荷物が送られてきても、とりあえず梱包材をはずして、それだけはまず片づける。私だけの性癖かも。

身のまわりに置くものの質感って、大事だと思う。色と同じくらいに。

むろん住まいそのものがマンションだから、天井も壁もビニール製のクロス貼り（壁紙って、実は紙ではないのです）。

自然素材のものだけで身のまわりを固めようなんて、はじめから不可能なことだけれど、せめて小物は、置き替えられるものは置き替えたい。そんな例のひとつが歯みがきコップ。

スーパーの日用雑貨売場で買おうとすると、プラスチックのものになるけれど、私は古道具屋で見つけた、そばちょこふうの湯呑みにしている。ほんのちょっとヒビが入っているからと、安く譲ってくれたのです。

「やきものなんて割れやすいから、洗面台で毎日使うには不向きじゃないの」と言われるけれど、毎日使うからこそ譲れないものがある。

割ってしまうことより、歯をみがくたび違和感をおぼえつつ、口をつけ続けることによる「損失」のほうが大きいのではと。

そう思いながら使い続けて、もう九年になります。

庭のある住まいに暮らすということ

マンションの狭い庭にも草が生える。暑い季節は抜いてもすぐに生える。年々負担感が増してきた。引っ越してきたばかりのときは張り切って道具を揃え、しょっちゅう庭仕事をしていたのだから、若かったものだと思う。一〇年も経っていないのに、30代と40代の差でしょうか。

「マンションなのに、土と触れ合えるなんて、いいですね」と人からはよく言われ、そのとおりとは思うけれど、「いつまで管理しきれるのかなあ」と心もとなくなることも。

年をとったら庭のない上階がいいというのは、ほんとうかも。自分でできなくなったら、自治体のシルバー人材センターに人を頼もうかしら。そんな考えが頭をかすめるのでした。

そうするうちにもどんどん伸び、洗濯物を干そうにも葉っぱがじゃまするくらいになってきた。このままではいけない。物干し場のまわりだけでも抜かないと。

サンダルを突っかけ、生い茂る中に下りていく。ほんの一角だけのつもりが、抜きはじめると止められなくなってきた。

日差しをかなり浴びていることに気づき、いったん撤退。修復力の落ちている肌に悪い。

「無理するなよ。腕が筋肉痛になり、明日、明後日に差し支える。完璧にきれいにしようと思うなよ」と自分に言い聞かせながら、つば広の帽子と手袋で、本格的な草刈りスタイルになり、続行する。

丈高い部分をあらかた抜いたところで、自分に向けて終了宣言。

ふだんあまりかけない冷房を、このときばかりは利かせて、ふーっ、爽快。こんな気持ちを味わえるなら、少し頑張って草とつき合っていくのもいいな、と一瞬思い直すのです。

私の中の少女趣味

家を訪ねてきた人に、トイレを貸してくださいと言われるとドキッとする。「岸本さんて、こういう趣味だったのか」と思われそうで。

壁紙が花柄なのです。自分で選んだわけではない。引っ越してきたとき、すでにこうだった。白地に薄い青の小さな花がちりばめてある。

最初に見たときはちょっとひるんだ。が、「ま、青だから、いいかな」。パステルカラーと違って、そう乙女チックにはならないかと。

その代わり、タオル一枚でも小物にはかなり注意した。

壁紙に合わせて青系統にするのでも、水色へ振るとファンタジックなほうへ行きそうだからシブい紺に。

窓に掛けるすだれや物入れのカゴも生成《きな》りではなく引きしめ効果のある焦

げ茶の天然素材にし、できるだけ落ち着いた雰囲気にまとめたつもり。

でも、はた目にはまだ不徹底かもしれない。

ある女性は、「私だったら、小物でどうこうするよりも、いっそ貼り替える」と言った。インテリアに、花柄だけは認められないと。いかにもフェミニンとされるものを、身のまわりに配するのはプライドが許さないという。

私だって、受話器やティッシュペーパーの箱にまで花柄の布カバーがついている家にしようとは思わない。小学生の頃から、ファンシー文具を持たないことをひそかな矜持《きょうじ》としていたくらいである。

でも、トイレのこの壁紙くらいは許容範囲。面積だって知れているし、自分だけの部屋の中でももっとも私的なスペースなのだ。

少女時代には否定していた少女趣味が、私の中のどこかに打ち消しきれずに残っていて、その現われがトイレなのかもしれません。

花柄のむずかしい年齢

電車の中で向かいの席に、同世代の女性が座っていた。仕事ではなく街に遊びに出かけるようす。

スカートは花柄。えんじ色が中心の薔薇《ばら》で、クラシック調であるところは私の趣味と合う。ニットの色は深いグレー。胸もとには、同じ毛糸で編まれた大きな花のコサージュがついている。

傍らに置かれたハンドバッグはえんじ色で、その柄にもああ、同じ革で作った花の飾りがぶら下がっているではないか。

心の中で私はうめく。40代の服装としてはつらいかも。

花柄の難しい年齢になりました。

「夢見る少女をひきずっているおばさん」になる危険を、目の前にいる彼女も意識はしたのでしょう。えんじという選択、バッグは同系色でまとめ、ニットの色も地味なことからして、気をつかっているとわかる。

でも、全体として花のモチーフが多過ぎる。同じグレーのニットでも、コサージュの縫いつけられていないシンプルなものにするとか、バッグも飾りだけ外せるならば外してくるとか、もうひと抑えできなかったものかしら。

若ければ、花がいくら多くても、それをしのぐ賑やかパワーや堂々たるかわいらしさで、着倒してしまうでしょう。でも私たちは、花の総量をよくよく考え規制しないといけないのだなと、自戒を込めて思います。

なぜ、自戒を込めてかと言えば、私にも花はやはり、永遠のモチーフだから。きれいなものを愛する気持ちは、おばあさんになってもきっと変わらず……。

私の家のティーカップは、ほとんどが花の模様。服では絶対あり得ない、ピンクのひなげしなんかもあるのです。身に着けるものではこわくて存分に表わせない花への憧れを、器に託しているのかもしれません。

窓をちょっと拭くだけで

晴れた昼間、久々にくつろいでいてふと気づいた。窓が汚い……すごく汚い。内側ではない、外側だ。雨が大気中のチリ、ホコリもろとも吹きつけたあとなのか、輪ジミのようなものが無数についている。

いったん気になると、目について しかたない。窓の外は緑が美しい季節なのに、ガラスのシミにばかり焦点が合ってしまうのです。

突然、思い立つ。「拭こう!」

窓拭きなんて、これまでの自分にとってもっとも面倒くさそうな家事のひとつ。台に乗って、ガラスクリーナーをつけた雑巾でもって、すみからすみまでこするなんて。

そうだ、ふだん洗面所の鏡を拭いている道具があった。柄の先のスポンジに水を含ませ、上から下へざっとなでる。それだけでじゅうぶんきれいになる。

窓の外側の汚れって、薬で化学分解しなければとれないほどのものでもないでしょう。モップふうの道具の柄は長さが調節可能。めいっぱい伸ばし、滴《しずく》を垂らしながら上から下へおろせば、みるみる落ちる、落ちる。あとは自然乾燥にまかせるのみ。

すっきりしたなあ。庭の木々の葉一枚一枚まで生き返ったよう。窓をちょっと水拭きするだけで、こんなにも気持ちがいいなんて。

シチュエーションは違うけれど、寝たきりの高齢者に喜ばれるサービスは窓拭きと聞いた。いつも同じ角度から、同じ枠の中を見つめているしかなくても、それが透明になるだけで視界が開け、忘れかけていた外とのつながりが実感できるのだそうだ。たしかに心の見通しは、ぐっとよくなる気がする。

よりによって翌日は雨が降り、窓はまたシミだらけになってしまったけれど、あの爽快感を知っただけで満足です。

バケツひとつで贅沢気分

バケツがあったほうがいいのかも。そう思ったきっかけは、久しぶりに窓を拭いてみて。

先がスポンジになったモップで水拭きするだけで、だいぶきれいになるとわかったが、水を入れるのに適したものがなかった。洗面器だとすぐあふれてしまう。

そういえば、バケツって、うちになかったんだなあ。親の家にいた頃は、当たり前のように転がっていた道具が、意外と欠けていたりするのがひとり暮らしなのです。ホースとか如雨露《じょうろ》とか。

バケツひとつだって自分で揃えない限り、ない。そんな感慨を抱いて、ある日近くの通りを歩いていたら、ん？　雑貨屋の店先に出ているアレって、もしかしたらバケツ？

もしかしたら、なんて迷ったのは、形がちょっと変わっていたから。口が丸ではなく楕円形なのだ。ふつうのバケツだと、モップの先を斜めにして交互に突っ込んだりしないといけないけれど、横長のこれなら、そのまんま入れられる。ありそうで、ない形。

しかも二段になっている。上の段には洗剤やブラシなどこまごましたものを収め、下の段に重ねていっしょに持ち運びできるらしい。なかなかよくできている。色も半透明で、じゃまにならなさそうだし。

お値段は、えっ、二八〇〇円！　ひるんだけれど、でもこんなに心ひかれるバケツには、そうそうめぐりあえないかも。

思いきって購入した。バケツに二八〇〇円なんて、20代や30代の頃ならば絶対に買わなかっただろうけど。

単なる掃除道具でも、実用性・見た目、ともに自分にぴったりなものに出合うと嬉しい。そんなところに贅沢を感じている今の私です。

どうして、こんなに枯らしてしまうのか？

またひとつ、枯らしてしまった。

鉢植えのワイヤープランツ。観葉植物のひとつで、鉄線のような茎をしているもの。花屋さんによれば、「これは、じょうぶです」ということだったけれど。

葉っぱの中に、なんとなく黒ずんで縮んでいるのがあるな、と感じていた。あるとき鉢ごと動かしたら、ぱらぱらと葉が落ちるではないか。緑の葉まで床に散り、茎についているのはほんのまばら。

様子が変と感じてから、水やりを週一回くらいから二回に増やしたけれど、とっくに、だめになっていたんだなあ。

放ったらかしだったわけではない。土を乾かしてしまったことはなかった。

それなりに気をつけていたつもりだから、よけいめげる。「じょうぶです」と保証された鉢植えひとつも満足に育てられないなんて……。

処分するときの、あの独特のみじめな気持ち。経験のある方は身につまされることでしょう。

茎は根元から鋏で切ってゴミ袋へ。丸坊主になった鉢を地面のあるところへ持っていって、逆さにして土を捨てる。

いったい、いくつの鉢植えをこうして葬《ほうむ》ってきたことか。アイビー、プミラ、アジアンタム……。「それでも、部屋に緑がほしい」と思い、次のを仕入れてきてしまうのはエゴですね。

ひとり暮らしの女性の部屋には、ミニ観葉の置いてある率が高いと、何かで読んだ。それってわかる。

同時に、想像してしまうのだ。それだけたくさんの女性がこの自己嫌悪感に苛《さいな》まれているんだなあ、と。

それとも他の人はみな、うまく育てられるのでしょうか。

大きめの家具が欲しい

知り合いの女性が、転勤先での仮住まいを終えて、東京に戻ってきたときのこと。自分の部屋を持って、まっ先に買ったのはテーブルだった。

「大きなテーブルのある暮らしにずっとあこがれていて、そのためにお金を貯めていたんだ」

四人がけのダイニングテーブル。でも、食事のためばかりではない。実は、彼女はパッチワークが趣味。テーブルにゆとりがあれば、縫いかけのを針を刺したまま置いておき、かたわらでお茶を飲んだり、パソコンでメールをしたりすることができる。すごく贅沢、と。

そう、何もひとり暮らしだからといって、自分ひとりご飯を食べられるだけのスペースさえあれば十分というものでもない。その人の家での過ごし方による。シングルの暮らしでもベッドはあえてセミダブルにして、のうのうと手足を伸ばす、それが至福という人もいますね。彼女にとっては、ベッドではなくテーブルだった。

「栗の木なのよ」と彼女。自分の家具が何の木でできているか言えるなんて素敵と、そのとき思った。

私も今のところに越してきてから座卓がほしくなり、一年間も店々を見て回った。ちょうどいいサイズの完成品がなくて、無垢材の板に漆を塗ってわざわざ作ってもらうことに。

使いはじめはおっかなびっくり。水をこぼしたらすぐ拭いて、うっかり傷をつけてしまっては、取り返しのつかないことをしたと焦る。でもその上でものを食べたり書類を広げたりするうち、いつしか気にならなくなって……。

指の脂のせいか、年月を経たせいか、漆につやが出てきて、木目も浮いていい風合いになってきた。細かな傷はたくさんあるけれど、八年前よりいっそう好きです。

どこでもマイ歯ブラシ

このところハマっているのが、デンタルケア。

歯が抜けるのは老化に伴う自然現象で、年をとると誰でもそうなると思っていたけれど、違うみたい。中高年が歯を失う原因の多くは歯周病だそう。口の中に残った細菌が、歯を支える組織をむしばむとか。

ひとり暮らしをなるべく長く続けるためには、健康が基本。健康の基本は、よく嚙みよく食べること。その歯をいかに守れるかは自分次第とあっては、何もしないわけにはいきません。

歯医者さんに行って知ったのは、私にも、歯周病になりかけの歯があったこと。自分では口臭なんて感じていなかったけれど、こういうのってデリケートな問題だから、よほどの間柄の人でないと指摘しないもの。

気づかないのは当人だけ、なんてことになっていたかも。危ない危ない。

自分でできる歯周病予防は、ブラッシングに尽きるという。歯医者さんで分けてもらった歯ブラシで、せっせと磨くようにした。

この歯ブラシを用いるようになってから、他のでは磨いた気がしません。出張先のホテルで備え付けのを使ったりすると、歯の間や歯ぐきとの間など、入ってしっかりかき出してほしいところに、ブラシの毛が届かない。四角に固められた、弾力のない毛の束みたい。デッキブラシでこすっているようなもどかしさがある。

マイ歯ブラシを持参するようになりました。

歯間ブラシやデンタルフロスにも関心大。どっちがより汚れをとりやすいかと、使い比べているところ。水に混ぜて口の中をすすぐ液も、携帯用の小さいのを探している。ドラッグストアの店先でも、デンタルグッズについ足を止めてしまいます。

こだわりと自分ルールの間

洗濯物を干すのが好き。バスタオルなんか、肌に痛いほどの張りが出るくらいまで完全に乾くのが、気持ちいい。乾いたときの匂いも、風通しのいい匂いという感じ。室内にさげておいたのでは、こうはいかない。

そうある人に話したら、「私、外に干したことない。家族にも干させない」と。アレルギーのわけではないが、埃《ほこり》っぽいのがとにかく嫌いなのだと言う。

「服なんかもそうよ。帰ってきたら、部屋に上がる前、ドアの内側で、身に着けているもの全部脱ぐの」

そのままだと、外でつけてきた埃を、家の中にふりまくようなもの。脱いだものをまるめて抱え、廊下を進み、洗濯機に放り込む。それが帰宅してまずすることだそうだ。

「夫も子どもも、そうしているよ」

「えーっ！」と驚く私。皆よく従っているなあ。玄関先でまる裸になるべしなんて、すごいルール。

でも、考えてみれば私にも決め事はあります。ひとり暮らしだから表面化しないだけで、人が聞いたら、「そこまで徹底しなくてもいいじゃない」と思われるかもしれないルールが。

たとえばプラスチック容器。前にちょっと書いたけれど、売られている液体類の容れ物は色が落ち着かなくて、買ってきたらすぐ白い無地のボトルに移し替える。シャンプーでも台所用洗剤でも。

自分では当たり前になっているが、同居人がいたら、「なんで、いちいちそんな面倒なことしなきゃならないの」「不合理だよ」と言われかねないことなのかも。

こだわりと、ひとり勝手なルールと、境界は微妙です。

決めてあるって、安心

同世代の女性の家を訪ねたら、洗面台の傍らに横長のカゴが。中には白いフェイスタオルが五枚、折りたたんで並べてある。

彼女によるといつでも五枚。一枚使ったら必ず一枚、補充するのだそうだ。予備を置くのはわかる。それにしても、五はどこから来た数字？　四枚でも六枚でもなく、なぜ五枚？

そう問うと、

「特に、根拠はないの。五という数へのこだわりが、あるわけでもないんだけど、決めておくと、なんとなく安心だから」

思わず、うなずいていた。

暮らしの中の決めごとってありますね。人によってさまざまに。

冷蔵庫に、ミネラルウォーターのペットボトルを、封を切ったのとは別に常にもう一本、入れておく。

あるいは、ゴミ袋はゴミ箱の内側に二枚重ねてセットする。上のを外しても、すぐにゴミをまた捨てられるように。二枚重ねにしておくためには、残った一枚の上か下に、そのつどもう一枚とりつけないといけないわけで、合理的とは限らない。

しなくたって、すごく支障が出るわけでもないけれど、半ば習慣化していること。そんなふうに一定した部分が、生活の中にあるのというのは、安心なもの。その部分については、考えなくていい。しかも、そこをとっかかりに、日常が規則正しく回転し、スムーズに運営されている感じがして。

私で言えば、どんな決め事があるだろう。考えてみて、笑いそうになる。テレビを消すとき、チャンネルを1に戻してから切る。他のチャンネルを視聴していても、次に点けたら、まず1が映るよう「初期化」しておく。何の理由もないけれど、律儀に守り続けています。

流しのすみのスポンジに思うこと

また忘れた！　お茶を飲んだ湯呑みを台所に運んできて、気がついた。食器洗い用のスポンジを買ってくるのを。

薄いグリーンのスポンジに、白いネットのかかったもの。包丁を洗うとき、刃があたるなどして、少しずつ破れてきたのだろう。ネットのところどころに穴があき、中のスポンジがはみ出しそう。目にすると気持ちがめげるような、わびしいありさまなのです。

そのうえ、この一週間ほどは、手にすると指に匂いが残るようになってきた。放っておくと住まいの水回りがカビにむしばまれるシーズン。スポンジとて例外ではないらしい。

買い替えようと思いながら、この日もひとたび家を出たら、頭からなくなってしまっていた。

余裕のなさって、こういうところに現われるのだろうなあ、とため息。

帰りが遅くなっても、できるだけ家でごはんを作ろうという線は守っている。閉店時間が迫るのと競争するようにスーパーに駆け込めば、食材を揃えるのでせいいっぱい。それ以外のものまで気が回らない。

そんなふうで、あっという間に一週間過ぎてしまったことを、スポンジから思い知らされる。

次の日、決意しました。仕事の後に買おうとすると同じことのくり返し。前にしよう。家を五分だけ早く出てコンビニに寄る。買って一日鞄の中に持ち歩き、帰宅後、台所の定位置に。

清潔感のある白いネットが、流しのすみで輝くよう。

水回り全体の掃除は、情けないほどできていないけれど、ほんの少しだけ自分らしいペースをとり戻せたようでほっとします。

少し、「きちっと」が気持ちいい

急須を買ったことを前の章でも書きましたが、それは通りがかりの雑貨屋さんで出合ったものです。

丸みを帯びた据わりのいい形。上に真鍮《しんちゅう》の持ち手が一本ついている。無駄な飾りのない端正な姿にひかれました。

棚の前で眺めている私に、店主らしき男性が、「その作家さんは〝チュウキ〟ばかりを作るんです」と教えてくれた。

チュウキ？　首を傾《かし》げつつ、彼の指す別の棚を見れば、醤油差しや酒を注《つ》ぐ器などが並んでいる。

注器か。それにハマっている作家なら、さぞや注ぎやすく切れもよくできているのでしょう。余分に滴《したた》り周囲を汚すなんてことはないのでは。そう期待し、求めました。

予想は的中。傾けて注ぎ終わって起こすと、きちっと切れる。注ぎ口の裏を伝うことすらない。

急須は必ずといっていいほど、注ぎ口の裏に茶渋の筋ができてしまい、クレンザーでこすらないといけなくなるけど、それがない。「きちっと」って気持ちのいいものだなと思いました。

私はすみずみまで「きちっと」している人間では全然ない。

洗濯物のたたみ方なんて、すごくいい加減。肌着なんてたたみもせずに引き出しに押し込むことも。

シワにしたくない服も、ハンガーへの掛け方が適当なものだから、気がつけば床に落ちている。

洗面台の下の収納は、何が入っているか自分でもわからず、眼鏡の置き場所が定まらないから、しょっちゅう探してばかり。

でも、決めていることもあります。顔を洗ったら、飛び散った水だけは拭き取っておく。流しに立ててある洗剤のフタは、半開きのままにしないで音がするまで「きちっと」閉める。

暮らしの中に、ほんのいくつか「きちっと」があることが、心地よさにつながるようです。

器を減らす

ものを減らすことを少しずつしています。本棚にはじまり鞄の中身、クローゼット内の服や装身具、そして食器棚へ。

使っていない器を手にとると、「そう言えば、あれもあった」「サイドボードの下のも、何年もずっとしまいっ放し」などと次々と連想式に思い出す。テーブルの上に並べてみたら、なんとその数一二〇！　和食器は五客、洋食器は六客でひと組なので、結構多くなってしまうのです。

よくぞこんなに入っていたなと、驚きをもって眺めました。

この一年、ものを整理しながらも、実は器は最後まで残るのだろうと思っていた。引っ越すことがあっても、大量の器を新聞紙にくるみ、共に移動するのだろうと。

ほとんどがアンティーク。旅先で骨董市があれば、古い器を扱う店があれば、必ず立ち寄り、時には、そのために出かけることもありました。

集めていたのは江戸時代の古伊万里から、戦後間もないノリタケまで。服と違って流行《はや》りすたりから解放された世界だし、割らない限りずっと使える。自分にとっての価値は永遠に変わらぬものと思っていました。

だとしても、置くところは限られている。食器棚の中に重ねて前後に詰めてあり、いかにも危なっかしい。出し入れがしにくいし、接触で欠けてしまいそう。結局、使っているのはほんの一部。奥に積んであるものは見えもしないのです。いくらきれいな模様でも目にふれる機会すらない。

それって持っている意味があるのか?

手放して食器棚のようすは変わりました。新調はしていないのに、生き生きとしたような。ものを減らすのは、人生の終盤に向けて削ぎ落とし、ゼロにしていくことではない。一つひとつのものをより活性化させること。そう信じています。

ピンク解禁、最初はカーテンから

寝室のカーテンを替えることにしました。今さがっているのはベージュ。30代でこの家に引っ越してきたとき作ったものです。

子どもの頃から、カーテンといえばベージュ。畳に木の柱に襖《ふすま》という白と茶からなる日本家屋だったので、その色がいちばん調和します。親の趣味もありました。着ていた服も地味だった。

今の家に移るに際しては、親と同居のわけではないから、どんな色にしてもいいはずでした。畳や柱のない部屋。敷物もまだなかったので、合う合わないを考えず、カーテン主体に決められる。

それでもなぜかベージュに落ち着いてしまいました。カーテンならベージュという、幼児期からの刷り込みのせい？

今回替えようと思いたったのは、脱ベージュを目指してではありません。遮光性とエアコンの効率を高めるため。

せっかくの機会なので、色も検討してみたのです。寝る前のひとときや、起きて最初に目にしたとき、幸せ感に包まれる色って何だろう？　と。

ピンクという答えに行き当たり、自分でもとまどいました。少女趣味な色のようで、私にはずっと好きだと認めたくなかったもの。

でも、ほんとうは嫌いではないのかも。現に、骨董屋で魅かれた紅茶カップにはピンクの花が描かれている。昔、デコレーションケーキにのっていました ね。銀の砂糖粒をまとい、クリームでできた薔薇の花。

あるいは、木造の洋館の壁に塗ってある、古びて剥《は》げかかったピンクのペンキ。そんな郷愁をそそる色ならば、カーテンにしてかけてみたい。

親の影響下を抜け出すには十分すぎるくらいの年齢。少女趣味を自分に許すこともできるのでは。

50歳を前にようやく解禁したピンク。出来上がりが楽しみです。

第３章

もうすぐ50歳、なんだか不安

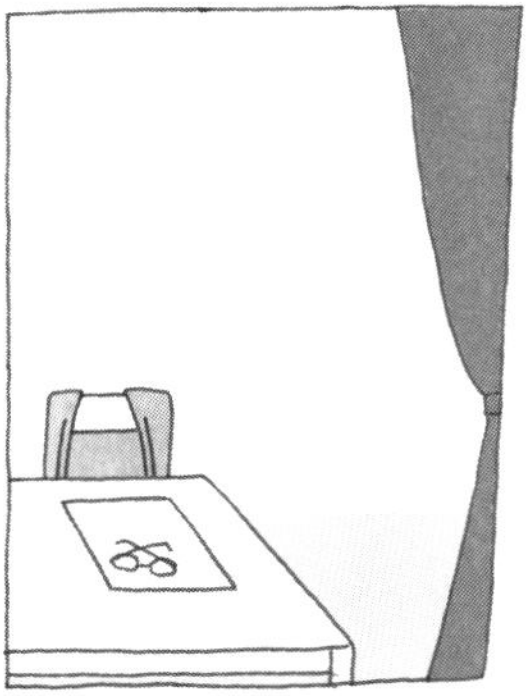

栄養クリーム適齢期

打ち合わせのため、わが家にいらした女性が、洗面台の鏡の前で何かに目をとめたようす。

栄養クリームだ。このクリーム、価格はひるむものがあったが、「なかなかいいよ」と噂に聞いて、ディスカウント店で探し思い切って買ったもの。

「ほっとするなあ」と彼女。「岸本さんて〝無理せず自然に〟のイメージがありますよね。だから肌の手入れもなーんにもしません。石鹸で洗って化粧水をつけるだけ。そう言われたらどうしよう、と思っていたんです」

ンなわけないでしょう。40代後半ですよ。

女優さんでいますよね。インタビュー記事で、スキンケアについて尋ねられ、「特別なことはしていません。メイクを落とすくらいで」と答える人。

ああいうのを読むたび思うのだ。私たちよりもっと肌に過酷なことをしているはず。テレビ用の化粧に強いライト、睡眠不足。いくらモトがいいからって、「ふつう」にしていて美肌を保てるわけがない。たとえ自分では「特別なこと」をしていなくても、きっとエステの時間がちゃんとスケジュールの中に組み込まれ、プロによるスペシャルケアを受けているに違いない。

私も以前は手をかけない主義だった。洗面台に並ぶ瓶の数は少なければ少ないほどいいと思っていた。

でもこの頃は、限界を感じている。年々深刻化する肌の悩みに対応するには、そこそこ高いクリームの助けを借りないとダメなのかもしれない。

パッケージに書かれている価格を見るたび、疑問が胸をかすめるけれど、それでも堂々と出しておけるのは、ひとり暮らしだからかも。同居人がいたら「投資の割にちっとも効果がないな」なんて言われてしまいそう。

ちょっと値の張る栄養クリームは、50歳を控えた女の洗面台における密《ひそ》かな定番アイテムかもしれません。

美容をとるか、ファッションをとるか

紫外線はお肌の大敵。40歳過ぎまでUVケアをしていなかった私は、無防備さを人から指摘されました。

以来、外出するときは必ず日焼け止めを塗るけれど、それでもシミはできてしまい、しかも年々とれにくくなっているような気がする。皮膚の再生力も衰えてきているようだ。

周囲の女性たちを見ていると、皆さん、美容には気をつかっている。ゴミを出しに行くわずかな距離でも帽子をかぶり、頬を陽にさらしているのは私くらい。そこで今シーズンは一念発起。紫外線を浴びやすいのは実は五月と聞き、四月末から早くも対策をはじめることにした。

日焼け止めを塗ったうえに、さらにガードするための帽子を買いにいく。

麦わら帽子のような天然素材を編んだものだと、夏限定の感じがするので布製にしたい。

陽ざしをなるべく避けられるよう、売り場にある中でつばがいちばん広いのを選んだのですが、それだと風にあおられやすいというのを、かぶってみて知りました。ほんの少し空気の抵抗を受けるだけでフワッと浮いてしまう。何度も飛ばされかけ、そのたびにはっと立ち止まり、ついにははずして手で持ち歩いてしまう。何のための帽子かわからない。

再びお店に行き相談すると、紐をつけてくれました。顎の下にかける細いゴム紐です。そのかいあってかぶるのが習慣に。頬のシミはいつもの夏に比べて少ない気がします。

一方で、ファッション性は犠牲にせざるを得ない。腕を焼かないよう手袋もしているので、初夏から夏の間の私はいつでもどこでも草むしりスタイル。

肌を守るほうを優先するか、シミが残ってもいいから、おしゃれをとるか。悩み深い年代です。

ヒールにはもう戻れないかも

ウォーキングシューズがファッショナブルになりました。

昔は、幅広で丸っこくて、足の甲の上を紐で結んであって、と形がだいたい決まっていたけれど、そのイメージはもう一新されています。

細めで紐靴でもなく、ふつうのパンプスと変わらないデザイン。表面もメタリックな仕上げにしてあったり。

でも裏はクッション性の高い素材を貼ってあり、まさにウォーキング仕様。パンプスのような土踏まずの部分はなく、全体が地面に付く。

「あれはいいよ。私にとっては救世主！」

同世代の女性が感激していた。ケガをしたわけでもないのに「膝が痛い」という中高年にありがちなトラブルにみまわれ、歩きやすい靴を探していたところ、百貨店のウォーキングシューズ売り場で出合ったのだという。

「ヒールがなくて底は平らなんだけれど、上から見ると、足首近くにベルトを渡してある、今っぽいデザインで、会社に履いていっても変じゃないの」

色はシルバーグレーを選んだが、あんまり履き心地がいいのでもう一足、パーティ用にエナメルの黒も買ったという。

そんなにいいの？　購入したという売り場を覗くと、似たようなものがいろんなメーカーから出ている！

一足買ってみたら、使えることこの上なし。スカートにもパンツにも合うので登場回数が多いし、何よりも足の疲れ方がパンプスのときとまるで違うのだ。ついついそればっかり。先日、久しぶりにパンプスを履いたら、なんと、土踏まずが攣《つ》ってしまいました。

駅の階段などを若い女性が、硬そうなヒールで甲高い音を響かせ、よろけそうになりながらも気丈に歩いているのを目にすると、「あの選択肢はもう、私にはあり得ないかも……」と思うのです。

親のこと、先々の自分のこと

母は他界し、父が家族の別の者と住んでいるが、ときどき思う。

「そろそろ、独り身で自由のきくとされる私が、やはり近くに住むべきなのだろうか……」

とはいっても、「近くに」であって、同居はまだ考えていない。

父が日常生活に支障はなく、自立して暮らすことができるのと、いつかは同居するとしても、あまり早くからはじめて行き詰まってもいけない、と思うからだ。

同世代の女性からのアドバイスもあった。

同居の家族がいると、介護保険の申請のとき、受けられるケアが制限されるとかで、

「そのために、うちは近くに呼び寄せたけれど、あくまでも別に部屋を借りて、ひとり暮らしの高齢者という態勢を貫いた」

という90代の父を看取った彼女の体験的教えです。

近くで住まいを探すとなると、介護付きマンションだろうか。今は介護が要らないけれど、将来必要になったとき、引っ越し直すのも費用がかかる。環境に適応するのは本人にも負担だろうから、はじめから入っておくほうがいいかもしれない……。

でも介護付きマンションは、インターネットで調べると、目をむくほど高い。月額三十数万円、他に入居一時金が数百万円。父親は処分できる不動産はなく、収入も年金のみで、私がそれだけ準備するのはどうしても無理。

私の住む市内に公的ホームはあるが、こちらは入居の三年以上前から市に住民票があることが条件。すると、介護付きでないふつうの賃貸マンションをまずこの近くに探すことから始めないといけないのかも。

しかし、それとても月額一〇万円はしよう。五年間で六〇〇万円、一〇年間で……高齢者ひとり住まわせるのが、これほどたいへんとは！

それはすなわち将来の自分だ。介護付きマンションなんて、自分が入りたいくらいだが、早くも現実を突きつけられるような気分になる。

そんなことを考えるときが、40代後半の一見落ち着いた時間に、ちょっとだけ影の射す瞬間です。

ほどよいお金の使い方

自分で働いて得た収入のみで暮らして二〇年以上になるのに、いまだ、おっかなびっくりのことがある。お金の使い方が、完全に〝ひとりの裁量〟に任されていることとです。

管理するのは私だけ。

「それって、おかしいいんじゃない？」と監視する目がない。

食材が贅沢過ぎないか。喫茶店でコーヒーを飲むのは無駄使いかどうか。電気代は常識的な額か。年をとることへの備えはどうか。家の修繕にはどれくらい見込んでおくか。それらすべてが自分しだい。日々の食材から老後の貯金まで、裁量の幅が広すぎて、時々こわくなる。

何か事件が起きると、関係者の暮らしぶりが報じられることがある。趣味にすごくお金をかける人で、船の免許を持ち、自分でも船を所有するほどで、そのくせフリーで収入は一定せず、家賃も滞りがちだったとか。

そこまでだと、社会通念上もバランスを欠いた使い方だと思うけれど、では私の家計が、「世間一般から見てバランスがとれているか？」と問われれば、自分でもわからない。

前にも少し書いたけど、私の場合、服を買ってきたときがいちばん心揺らぐ。服ってなぜか続けて買うことになるのだ。

しばらくぶりに店に行き、スカートを購入したとする。すると、「この上に、こういうジャケットがあれば、着回しの幅が広がるな」と夢想したり、「売り場にあったあのニットが、どうも気になる」と頭を離れなくなったり。

次にそちら方面に行ったとき、素通りできず購入。「出かけるたびに服を買って帰るなんて、異常？」帰ってから、どっと不安になる。

おしゃれ心が満たされて、幸せ時間のはずが「落ち込み時間」になってしまわないためにも、節度ある使い方をしなければと自分を戒《いまし》めるのです。

今は出不精だけれど

海へ、山へ、行楽地へ。駅にポスターが貼られ、店にはレジャー用品があふれ、なんとなくそわそわする季節。砂浜の人出のようすや渋滞ぶりを、ニュースでも映している。

「海か。昔行ったなあ」……しばし追憶。学生時代、今は姉の夫となっている人の運転する車で、よく第三京浜を走っていった。

案の定、道路はとても混んでいたけれど、どれくらい時間がかかるかとか、停めるところはあるかしらとか、泳いだうえに帰りも渋滞では、疲れて翌日に差し支えないかなんて、まるっきり考えなかったのが、若さでしょうか。

車中でもおしゃべりしたり、誰かがトイレに行きたいと騒ぎになったり、常に賑やかだった。

10代の終わりか20代か。その頃に比べると、今の私はとても出不精。遊びにいく季節だな、とは思っても、ポスターやニュースにあるような、人ごみの只中へ飛び込んでいくことは考えない。

でもそれは、必ずしもさびしいことではない。想い出のストックがある。そこに行って得られるであろう楽しみを知っている。その気になれば、またできるだろうと思えるからです。

それが、がむしゃらに出かけなくてもいいか、と、ゆったりと構える心のゆとりのようなものにつながっている。この年代だからこそでは。

そして、このまま年とともに行動力が収束していくとも思わない。

新しくできた都心のビルや外資系ホテルなど話題の場所に、いち早く足を運ぶのは、50代や60代の女性。あのエネルギーと好奇心はすごいと思うけれど、彼女らとて、20代からずっとそうし続けてきたわけではないでしょう。

いつか私も、人ごみをものともせず、出かけていく人になるのかも……。そんな期待もあるのです。

水の中でひとりの時間

運動不足にならないよう、ときどき行くのがスポーツジムのプール。二五メートルプールが六コースに分けられ、はしっこがウォーキング専用となっている。いつも数名は歩いていて、人と人との間に滑り込むように私も中へ。

一つのコースは人がすれ違えるほどの幅があり、右側通行、追い越しは禁止。二五メートル歩いたら、向きを変えて、反対側を戻ってくる。ひたすらその繰り返し。

ふだんの歩きと違うのは、ゆっくりなところ。せっかちに進もうとするとバランスを崩すので、一つひとつの動きが、自然とていねいになるのです。

右足をまっすぐ出して、かかとから着け、つま先で蹴る。はずみで左足を上げ、同時に右の腕を振り上げれば、脇腹や腰までストレッチされ、その心地よさにさらに大きくゆっくりと動く。

スポーツジムは「暇ができたら行こう」と思うと、絶対行けない。仕事や家事が気になりながら、思いきって出てくるのが常。プールに身を沈めてもしばらくは、「あれをしないと、これもしなければ」が頭の中で渦巻いている。でも歩くうち、思考の流れもしだいにゆるやかに、平静に。

水の中にいる時間は、私にとって前のめりになりがちな気持ちを落ち着かせるメトロノームのようなものです。

ときどき会う人に、60代くらいの女性の二人連れがいます。プールに入って歩き出しても、すぐにまたおしゃべりの続き。追い越し禁止なので後がつかえてしまうのだけれど、そこは皆さん大人で、何も言わず二人の背中でUターンし、黙々と自分のペースでウォーキング。

あの女性たちもたまにはひとりで来てみたら、まったく異なる水中時間を持てるのではと思うのです。

走る女

走る女が同世代に増えています。マラソンです。

知り合いは47歳にして目覚めました。

自宅のそばを数キロ走ることからはじめ、講習会に参加するようになり、皇居のお堀沿いをランニング。着替えを入れたリュックを持って電車に三〇分乗り、わざわざ都心へ走りに行っている。

「井の頭公園の池の周りではすまないの?」と聞けば、「人が多いし、凸凹《でこぼこ》しているもの」。凸凹が池の形のことか、木の根っこがあったりする地面のことかはわからなかったけれど、たしかにお堀端は平坦な舗装道路。トラックのように一周の長さから、走った距離やタイムが割り出せる。信号がないので足止めされることもない。

初挑戦のフルマラソンでは、区間ごとの目標タイムを記した紙を握り締めてスタート。途中腰が痛くなり何度も棄権を考えたけれど、あるところから痛みが消え、みごとゴールインした。その感動が忘れられず、以後何回かフルマラソンに出場し、タイムも少しずつ上がっているそう。

マラソンは自己管理のスポーツとその人は言います。わかる気がする。ペース配分の仕方。どのあたりでどんな心理になるか、それへの対処の仕方。さらにはレースに向けて調整していく日々の節制の仕方。知力、精神力、もしかしたら人生経験がものを言う場面もあるかもしれない。だから、体力的にはピークを過ぎた年からでも記録を伸ばしていけるのでしょう。

先日、都心の地下鉄駅につながる通路を歩いていると、ランニングウェアの女性がトイレから出てきて、斜め向かいのコインロッカーにささっとリュックを詰めて、階段へと駆け出しました。

あの人もきっと、未来のマラソンランナー。その背中へ、声なき応援を送りました。

エクササイズも癒し系

知り合いの女性がヨガを習っているという。行くようになってからとても体調がいいからと、私にもしきりにすすめる。

意外。その人は自他ともに認める運動嫌い。このままではいけないと過去何回かスポーツクラブに入会したが、そのたびに挫折していたのだ。

その彼女が、継続できているとは……。

「だって、気持ちがいいのよ。鍛えるのではなくて、整えるってイメージなのよね」

呼吸法とポーズによって、乱れたバランスをもとに戻して、心と体をニュートラルな状態に導くのだそうだ。そうなのか。

40歳を過ぎて、「やっぱり、このままではいけない」と思い直し、何らかのエクササイズをはじめる人は私の周囲にも多い。エアロビクスのような、動きが激しく、ぜいぜいと息が上がるのはどうも不人気。

人気なのは、ゆっくりとした動きで、じんわりと汗をかく、ヨガや気功など癒しの入ったもの。

かくいう私もいっとき気功教室に通っていました。

複雑なポーズはなく、歩きと呼吸法が中心。

今も公園を散歩するとき、単なるウォーキングでは物足りず、気功っぽい要素を自分で加える。

立ち止まって両腕を左右に広げ、〝気〟をかき集め、胸の中に押し込むような仕種《しぐさ》をする。

せっかくとり入れるなら、〝より良い気〟をと大きな樹の下なんかに身を寄せてみる。はた目にはちょっと危ない人でしょうね。

腹式呼吸も折りにふれて実行しています。吐く息を長ーく、お腹をへこますように。

そうすることにより副交感神経が優位になって、鎮静効果がもたらされリラックスできるのだとか。

部屋に置くものだけでなく、エクササイズの選び方にも浄化と平安への志向が表われているようです。

服はあるのに、着たいものがない

出かける仕度をしようとしたのはいいけれど、着るものがなくて焦ることが時々ある。

「服がないわけではないのに、どうして!?」と叫びたくなる。そうなる理由の大きなひとつに、「着たいときに、服が着られる状態になっていない」ことがあるからだ。

たとえばシワ。頭の中でまずスカートを決め、上に着るニットは「それに合う色が、たしかあったはず」ととり出してみれば、胸のところに折りジワが。アイロンをかける時間はない。同系色で、代わりになりそうなのはなかったかしらと、ひきだしをひっくり返すはめになる。

スカートもラックからはずしてみて呆然。プリーツとはあきらかに違う斜めの線が入っている。

立体的になれば、そう目立たないのでは？　あきらめ悪く、はいて鏡で見るけれどごまかしはきかない。やむなく計画を変更する。

わかっている。根本は、服が多すぎるせい。

ニットは、たたんだ上にさらに別のを次々と重ねるから、圧《お》されて折り目が跡になるのだろう。スカートだって、ただ吊してあるだけならこんな変なシワのつき方はしない。ラックに吊るされた他のスカートと押し合いへし合いしているからだ。

シワ以外にもスカートの裾がほつれていたり、ジャケットのボタンがとれかけていたり。「時間のあるとき、繕おう」と、とりあえずクローゼットにしまい、そのまま忘れてしまうから、次に着ようとして、はじめて気づくことになる。

数少ない服を大事に手入れし、いつも着られる状態にしておいた昔の女性のほうが、おしゃれを楽しんでいたのではないかと思います。

待つ側も、待たされる側も

歩くのが速いです。人通りの少ないところでは、勢いよく足を運べるけれど、駅近くに来るとペースを落とさざるを得ない。

ただでさえ狭い舗道。前を行くふたり連れを見ては、

「どうして横に並ぶんだろう？」

置いてある自転車が目については、

「わざわざ出っ張らせて停めるのって、どういう人？」

みんながみんな、気の利かない人に思えてしまう。

いけない、いけない、今の私、目を三角にして歩いている。

たぶん途中、あれこれと用事を詰め込み過ぎるから。待ち合わせは一五分後。早足すれば一〇分で着けるから、浮いた五分でコンビニに寄って払い込

みをすませ、できれば銀行でお金も下ろし……気持ちはいつも急いでいる。

先日は、お店の入ったビルの中を脇目もふらず歩いていました。交差点に建つビルで、出入り口から別の出入り口へ斜めに突っ切れば、角を曲がるより近道。

私の前には同じように店を見ないで、ただ通っていく男性がいる。出入り口のドアを引いたところで、立ち止まる。開けたままのドアから、80歳くらいのご婦人がゆっくり登場。

花のような笑顔を男性に向けてお辞儀する。男性の表情は私からは見えなかったけれど、会釈を返し、ドアを支えて待っていた。

美しいものですね。待つ側も、待たれる側も。

焦っていても、それくらいのゆとりは失いたくないし、ドアを開けてもらう立場になったら、前のめりの人の心も和らげるような、そんな微笑みを身につけたい。

そんなことを感じた、ドアでの一シーンでした。

老眼鏡デビュー！

老眼鏡を作りました。メガネをかけることそのものがはじめての私は、とにかく抵抗感のないように、縁なしで、ごく軽いものにする。銀色の細いフレームはレンズも透明なので、存在感がなく、そのへんに置きっぱなしにしておくと、何もないと思って、手をつくなどして割ってしまいそう。外したら即ケースに入れることを習慣づけないと。

さすがによくものが見えますね。本や新聞、パソコンの画面の字がクッキリ。窓ガラスを掃除したみたいに、視界全体が洗われる感じです。

小さな字が読みにくくなったとは数年前から感じていました。目が疲れやすくなって、一日の終わりには痛みをおぼえるほど。

なのにメガネを作らずにいたのは、「かけると、老眼が進む」という俗説を信じていたため。

メガネ屋さんによれば、たしかにこのあと私がメガネを外して新聞を読めば、かける前まで読めていたはずの字がかすみ、「わっ、進んだ」と思うだろう。でもそれはもともとかすんでいたもの。

これまでは脳が推測により補っていた。メガネという助けを得て、推測しなくてよくなったと知った脳がその働きを止めただけ。

老眼は40過ぎれば誰にでも起こるし、メガネをかけてもかけなくても、年をとるにつれ進んでいくのは同じことなんですよ、と。

そうなんだ。だとしたら、かけずに頑張っていたあいだは、目や脳を無意味に疲労させていた？

そういうことって他にもあるかもしれません。先入観にとらわれ、痩せ我慢して、実は単に自分に負担をかけていただけということが。

これからは、オープンな気持ちで自分にとっての心地よさを求めていこうと思います。

体重計はキレイへの第一歩

浴室に続く床の片すみに体重計が置いてある。お風呂のついでに量るためです。40代の女性のファッションリーダーといわれるモデルさんが話していました。キレイを保つ秘訣を問われ、そのひとつが、一日一回体重計に乗ることだと。

「ちょっと食べ過ぎるとすぐ付くんです。しかも付くところが昔と違うんですよ」

下腹をつまんでいたのがリアルでした。あの手つきは経験者でなければとっさに出ない。私のまわりの同世代も、口を揃える。

「どうして、イタリアンに行ったくらいで、すぐに一キロも二キロも増えるのよ！」

ゆえにそのモデルさんは、常に体重計で監視して、「いけない。しばらく腹八分目にしよう」などと、自分を戒めているという。

それは、すごく意志の要ること。八分目は十分目にあらず。すなわちまだ満腹ではなく、もっと入るのに途中で止めるわけだから。

「そんなことを気にするより、思いきり食べるほうが、活き活きして若々しいはず」と、かつての私ならそう言いそうだけれど、そうした理屈が通用しなくなるのがこの年齢でしょうか。

私も毎日ではないが量っている。お風呂のついでに限るのは、服のぶんも減らしたいため。体重よりも体脂肪率のほうがより大事と聞いてからは、体重はろくに見ないで、すぐに表示を体脂肪率に切り替える。

習慣にしてわかったのは、お風呂の前より後のほうが体脂肪率はぐっと低く出ること。運動したわけでもないのに、こんなに下がっていいのかとうれしい戸惑いをおぼえるくらい。なので、この頃はもっぱらお風呂の後に乗っている。これって結局、現実を直視していないということ？

♪部屋とフリースと私

「私この頃、服のパターンが、おじさんになってるわ」

働くひとり暮らしの女性が言う。家に帰ってスーツを脱ぐと、ほっとしてすぐパジャマになる。

「会社の上司でも、平日は背広かパジャマかどっちかしか着ないって人が多いけど、あれと同じ。中間がないの」

わかる。肩の張った服装から、いっきにパジャマまで崩す。あの解放感ったら、ないものね。

私は自宅で仕事をするため、一日じゅうパジャマでいるのは、自分に禁じている。出かけない日でも必ず着替える。

長時間椅子に座っていても締めつけないよう、ゆったりめのスカートに、冬はタイツ、上はニットというのが、お決まりのスタイルでした。が、あるときタイツが、なんとなくきゅうくつに感じて、フリースパンツに変えてみた。これはラク！

以来、スカートよりフリースパンツでいる頻度が高くなっている。通りがかりの店なんかでも、フリースがさがっていると、つい物色してしまう。

自分としては一応、パジャマ用のフリースと部屋着用のフリースとを分け、けじめをつけているつもりだが、あんまり意味ないかしら。

別の女性は、語っていた。

「フリースで暖をとることを覚えてしまうと、いわゆるセーターってものを着なくなるね」

ウールより軽いし、洗濯も気をつかわないですむし、万が一汚れが取れなくても惜しくないし。まさしく、そう。

私も部屋着としてフリースパンツをはくときは、上はニットという決まりごとをかろうじてまだ守っているけれど、それも時間の問題かも。

田舎暮らしに憧れても

同世代の女性で、しばらく連絡をとり合っていない人の近況を耳にした。

「田舎暮らしをはじめたらしいよ。東京から新幹線で一時間ちょっとの別荘地のそばに引っ越したんだって」

「ひとりで？」

「ううん、ご両親といっしょ」

そうでしょうねと、うなずいてから、そういう自分にちょっと驚く。

別にひとりでだって十分あり得る。東京で家を持つことを考えたら、交通費を差し引きしても経済的には可能。自然の豊かなところに居を構え、平日は通勤、休みの日は畑仕事なんて、ライフスタイルとしてはむしろ理想的なはず。

でも、私にとって現実的な選択肢ではないんだなと、その話を聞いたときの自分の反応から気づいたのです。

隣とも声の届かぬ距離に住んでいて、火事を出したり、強盗に入られたりしたら、どうしよう。めったに起こらない事態を想定して選択肢を狭めるのは、無意味かもしれないけれど、電気のヒューズひとつ切れても真の闇。よその家の灯りも、ない。

いざというとき助けてくれる保証はなくても、半径五〇メートル以内に人の気配を感じられるのと感じられないのとでは、この違いは大きそう。

私がこれまでひとり暮らしをできているのも、そこそこの近さに人が住む環境だからこそかしら。

何だかんだ言いながらも、街中にいることの恩恵を享受している。ふらっと行ける範囲内に本屋があって、そのためにわざわざ出かけなくても、ついでに寄れるところに雑貨屋があり、化粧品もちょっと覗いてみたりして、気が向いたら入れる喫茶店があって……。

一方で、昔ながらのお総菜屋さんやだんご屋さんも、ちゃんと商売ができて、往来でお年寄りが立ち話していても、だいじょうぶ。

そんなところが、私にとって居心地のいい場所なのかもしれないと、この頃とみに感じています。

旅するエネルギー

海外旅行もずいぶんしていないな。したいなあ……。新聞のツアー広告を目にするとそう思います。

今はツアーでも、テーマ性のあるものがけっこうあって、大人の好奇心に応えてくれそう。絵画をめぐる旅。世界遺産の古都で建築と音楽にふれる旅。東欧にも魅かれる。若い頃、行き残したシルクロードにも。中央アジアのイスラム文化の街、できればトルコにまで足を延ばせたら……。予定もないのに新聞広告を切り抜いておいたりする。

いつのことかわからないけれど、次に行くときはひとり旅はしなさそう。自分で宿をとり、時刻表と地図を頼りに移動し、途中の街歩きは全荷物を持って。20代のときは当たり前だったそういう旅をするエネルギーが、もうなさそう。

あの頃は、神経の四分の三以上は、安全確保に向けられていた気がする。荷物を盗ろうとしている人がいないか、誰かに狙われていないか。その緊張感に身を置くことこそが旅であると思い込んでいたところもある。

でもこれからは、もっとゆったり、街そのものを味わいたい。荷物は車の中に預け、宿をとる、駅を探すといった、人に任せられる部分は任せて。それだと必然的にツアーになりますね。

ツアーの難点は、どんな人といっしょになるかわからないこと。隣でずっとおしゃべりされたりしては、旅する意味がなくなってしまう。五感をゆるめて、街に流れる時間のほうにシンクロしていたいのに。

すると、個人の手配旅行になるのかな。でもひとりでガイドさんや運転手さんを雇うのは高くつき過ぎて、とても行けない。

団体の中にいても、ひとりでいるのと同じようにぼうっとしていられる。そんなツアーがないかしらと、広告を見ては思うのです。

贅沢な宿とは

「日本国内で旅するなら、どんな宿に泊まりたい？」

同世代の女性と、そういう話になった。皆が口を揃えたのは「ご馳走尽くしは、もういい」ということ。

旅番組に出てくる温泉旅館のように、食卓に並びきらないほどの料理が供されるのを贅沢とは思わない。全部は食べきれないし、固形燃料に火を点けるのも、プラスチックのシートなど装飾過剰もかえってわびしい。

おしゃれなバー、マッサージ椅子や女性客のためだろうエステもなくていい。ふだんから受けている人は、中途半端な技術だと満足しないから、それくらいならいっそないほうがいいというのが皆の一致した意見でした。

あれも要らない、これも要らないと消去していくと、引き算の宿ということになりそう。お寺の宿坊で精進料理をいただき、夜は早めに床に就く。街の喧噪を離れた静けさの中、竹林が風に揺れる音だけを聞きながら眠りにおちる。何かをするなら、座禅とか写経とか自分を浄化する方向のもの。

「でも」と問い直す。本当に引き算だけか。「宿坊も、トイレだけは洋式でないと泊まるのは無理かも」とひとりが言う。和式では、デキナイのだそう。むろん温水洗浄器付きに越したことはない。

別の人は、布団を自分で敷くのは厭《いと》わないけれど、枕カバーに整髪料の臭いがしみついているのだけは眠りの妨げになりそうでごめん被《こうむ》りたいと。

私としては、室温を自分で調節できないのはつらいものがある。ご飯も粗食でいいから、材料は確かなものであってほしい。つまりは、食の安全や住環境の清潔さ、快適さといった、一定の条件が確保された上での引き算なのだ。それはそれで、すごくわがままかも。

贅沢でなくなるのではなく、贅沢に求める内容が変わってきているということなのでしょう。

自分の町をもっと知る

打ち合わせのために駅へと急ぐ。目指すは、ふだん降りるのとは反対側にある喫茶店です。

自転車を避けるため、途中何度も立ち止まり、「思いきって、あっち側から行くほうが早いかも。歩道の幅もこっちより広いはずだし」。

いつも通る道から離れ、高架をくぐり、線路の向こう側へ。そこは公園に沿った道で全体にゆとりがある。

すごく久しぶり。もしかすると半年以上来ていなかったのでは。

気のせいか公園の木々も背が伸びて、梢《こずえ》の位置が前よりも高くなったよう。

そんなふうに感じるくらい足が遠のいていたことに驚く。家からすぐのところなのに。木かげのベンチでは、本を読む人、楽器の練習をする人。思い思いに過ごしている。

こんないい散歩コースが近くにありながら、ずっと来なかったなんて、私は何をしていたのだろうと少し反省。そういう場所があることも含め、この町が私は好きで住んでいますと、人には語っていたはずが。

この町について、人からもよく言われる。

「岸本さんの好きそうな、玄米菜食カフェができたでしょ」

「輸入のキッチン雑貨がたくさん置いてあるお店、あるでしょ」

そのたびに「えっ、そうなんだ」としか答えられない私。よそに住んでいる人のほうがよほど更新された情報を持っていたりする。

年とともに行動パターンが定まってくる傾向は常々感じていたけれど、家と駅との間すら、決まった道の往復しかしなくなっていたなんて。

打ち合わせの帰りに公園沿いをずっと歩いてきた。知らない間に自家焙煎の珈琲店ができていた。夜一〇時までか。そのうち、夕食の後、来てみてもいいな。

老いた父と散歩

50歳が近づくと、親も高齢を迎えます。私の父もあと三年で90歳。きょうだいと交代で付き添っていて週末が私の番。炊事、掃除、洗濯、入浴の介助の他、大きな役目が散歩です。

父は心臓のポンプ機能が弱くなっていて、吸い上げきれない血液が重力に従い下に溜まりがち。足がむくんで、ひどくなると浴槽のへりをまたぐのもたいへんに。散歩すると、むくみがとれてくるのです。健康全般のためはもちろん、お風呂に入るのにプロの手を借りずにすむためにも、なるべく欠かさず続けないと。

父との散歩は、ゆっくりだけれど、気が張ります。安全への責任感で。転ばないように注意することに加えて、暑さ寒さの管理が大事。年をとると自分ではわかりにくくなるらしく、推察するほかありません。

肌着のシャツは一枚でいいか、二枚がいいのか。風邪をひくのがこわいので、多めに着せたいところだけれど、汗をかいて冷えると、かえって風邪の原因になるかもしれず。一枚にして、羽織るものを持っていこうとか。

空模様も心配。雨が降り出しても父は急ぐことができないし、公園の中に入るとタクシーも捕まえられない。公園を抜けるまで、父の足でかかりそうな時間は？　日が暮れるまでの時間は？　さまざまなタイミングを計ってコースを決定。無事に予定通り帰れるかどうかは私の判断次第。

子どもを育てた人って、こういうのに似た経験をするのだろうかと思います。小さい子にはものごとの分別がないし、暑さ寒さも伝えてこない。すべて母親の判断に委ねられる。降り出したら抱えて走ることができるのが、大人との違いかな。

責任は重いけれど、公園の木立に囲まれた父の幸せそうな顔を見ると、心は軽くなるのです。

鏡の前で、いつか

20代の頃、将来というのは漠然とした時間のかたまりでした。

「この先ずっと、アパートと職場との往復をくり返していくのかな」

「この先ずっと、結婚しないままなのかな」

そう思うときの「この先」は、「今」より後の全部。30代、40代、50代と別々にイメージすることなく、いっしょくたにしていました。

ほんとうに50という年齢が近づくと、さすがに思いました。

「これまでとは、ちょっと違うかもしれないぞ」

四捨五入というくらいで、数字の印象も、四と五では分かれるし、日本人女性の平均寿命、86歳を二で割っても、50歳はまぎれもなく後半に入る。

40代は折り返すか返さないかだけれど、50代はこれからのほうが短いことをごまかさずに、緊張感をもって生きていかないと。

身構えてしまいがちな私を、年長者の言葉が優しくほぐします。

児童文学者の神沢利子《かんざわとしこ》さんによる「歳月の鏡」というエッセイです。70代半ばの利子さんが、鏡に映った自分を眺めていうのです。

「なあんてことはなかったよ、おばあさんになるなんて」

ごく当たり前のこと。別に気張らなくたって、歳月さえ重ねれば自然になってしまうのでした。そう語る文章に悲哀はなくて、むしろ軽やか。

次の次の誕生日が過ぎたら、私も鏡の前でつぶやくのでしょうか。

「50歳になるって、なあんてことはなかったわね」

拍子抜けしたような、照れ笑いを浮かべながら。

そうかもしれない。そうなれたらいい。

40代が残り一年数カ月となった私の、夢想です。

※「歳月の鏡」は『おばあさんになるなんて』（神沢利子著／晶文社刊）所収

40代最後の年の目標

届け出用紙に生年月日を書いてふと思う。生まれ年を引き算すれば「49」。誕生日が来たら、私は49になるのか。

40代とくくられるのも、今年きり。来年は50歳。信じられない。

20代の頃、ある女性のエッセイを生活感が自分と近いと思いながらめくっていて、終わりのほうのプロフィールに、ええっと声を上げてしまった。

「50を超えているんだ、この人！」

私も本を読んでくれる人に、のけ反《ぞ》られるようになるのかな。

今だって若い層がターゲットの店で服を買い、顧客カードに年齢を記入するとき、来ることを期待されていない人が来ているような気後れをおぼえるけれど、よけい尻込みしてしまうのだろうか。十の位が四と五では、印象はかなり違いそう。

だからといって、40代のうちに、特別なことはしないと思う。

これまでの中では、20代最後の年が気持ちはいちばん追い詰められていた。シワができ、肩凝り、腰痛とあちこち不調で、美的にも体力的にもピークを通り越したのは歴然。なのに結婚もしていないし、仕事もいつまで続けられるかわからない。保険に入ったり国民年金を上積みしたり。30を前に何かをせずにはいられなかった。

40を迎えるときは、ほとんど節目の意識なく、50は数字のインパクトこそ強くはあるが、それで動揺し、「50になる前に」と期限を設けて何かをすることはなさそう。

いざ50代に入ると、焦りや喪失感がわくかもしれない。でも、将来「わくかもしれない」感情を予測し、それを防ぐ備えをするのは無駄なこと。それよりも今現在の感情とていねいに向き合いたい。

40代最後の年は、そんなふうに過ごそうと考えています。

ふつうの日々を初々しい気持ちで

ケヤキの青葉がきれいです。夏の盛りの、これ以上葉をつけられないくらいに繁った深い緑とまた違い、まだまだ伸びる気配に満ちて、勢いよく空を向いています。

キャンパスの正門近いケヤキ並木。昼休みなのでしょう、学生たちが次々通ります。自転車で、徒歩で。楽器や運動用具を抱えたり、友だちと、恋人らしい女の子と語らいながら。少し離れたベンチには、難しげな顔でひとり本を読んでいる男の子も。

「若いんだなあ」と思います。まだ二〇年そこそこしか生きていない。これから時間がたっぷりある。

30代のとき仕事をともにした男性が、世間話のような口ぶりをしながら言いました。男性の平均寿命からして、自分はもうすぐ半分になる、そう気づいて胸がどきっとした。若い頃はつかみどころのない未来への不安に足のすくむ思いがしたけれど、この頃は逆に、持ち時間が少しずつ減っていくような焦りがある。喩《たと》えれば、砂時計の砂が静かに落ちていくような、と。

詩的な表現をするくらいだから、感じやすい人だったのかもしれません。ほどなく会社を辞め、社会貢献活動に従事するようになったと聞きました。もうすぐ50の私は平均寿命どおり生きたとしても、半分どころではない、残りのほうが確実に少ない。でも砂が落ちていくような虚しさや恐怖はない。

ケヤキは樹齢を増しても、春になると芽吹き、秋に色づく。再生と成熟を毎年くり返している。毎日の単位でもそうです。日に日にたくさんの新しい細胞が生まれています。人間にも一日だって同じ日はないはず。

毎日ドキドキするような刺激は求めません。ふつうの日々を、初々《ういうい》しさをもって迎えたい。60代、70代にはまた違った心持ちになるかもしれないけれど、今の私はそんなふうに感じています。

第 4 章

50歳になるって、なあんてことなかった

パワーストーン、ありがとう

50歳の誕生日は日曜日だったけど、いつもと変わりありませんでした。日曜は、前日の土曜から親の家にいるのが、親の高齢化の進んだここ数年の習慣です。

親も90近くなり、子どもの誕生日を忘れている……というより、今日が何月何日かを意識しないで暮らしています。私は今日から50だとかすかに頭にありながら、ごはんを作り、食事の後は親と散歩。帰ったら着替えの介助・掃除と、あっという間に過ぎてゆき、拍子抜けするほど「ふつう」の日でした。

節目らしきものは特になく、そう言えばと思い出すくらいの変化がひとつ。天然石のペンダントをこのところしていないこと。

ひと頃は心魅かれていくつか求め、店でもらったその石の持っているパワーについて書かれている紙も、なんとなくいっしょに小箱に入れていた。

カーネリアンは生きる希望を与え、行動力を起こさせる。

マラカイトは危険を察知し、払い除《の》けてくれる。

信心深くはない私も、パワーを持つといわれるものを狭いところに閉じ込めたままなのはよくないように思えるし、かといって捨てるのは抵抗があります。考えた末、無償で引き取っていただくことはできないかと買ったお店に相談しました。

店の女性は言いました。

「石は持ち主を守るため、その人のもとへ来るのです。身につけなくなったのは、もう必要としていないから。役割を終えたのですから、そういう石を次の人に売ることはないのです。持ち主の手で自然に還《かえ》すのがいちばん。金属の台から外し、生活排水の混じらない川の上流で、土に埋めるか滝壺に投げるかしてください」

そうなのか……。

40代から50代へ淡々と移行してきたつもりでも、その間には気づかずに石の助けを借りた時期があり、その時期をいつしか過ぎていたのかと。

いつか山に出かけるときがあったら、それらの石を持っていこう、そう思いました。

インカローズの指輪

インカローズの指輪をなくしました。

天然石のひとつで、その名のとおりバラ色をした透明感のある石。縦の径が二センチ近いものがひとつ銀の台に載っているのですが、ルビーほど濃いレッドではないので、その大きさでも華美になりすぎないのです。まるでラズベリー味のドロップのよう。

それを二回もなくすとは。

一回目は数年前。その日はいくつもの会社で打ち合せをしたり、作業をしたりとめまぐるしかったのです。インフルエンザの流行っていた頃で、出入りのたび手洗いもした。

家に帰って、見れば、ない。

どこかで無意識に外したのかもしれません。でも伺った会社に電話をかけて「指輪を忘れていなかったでしょうか」と聞くのは、失礼なようでかけられませんでした。

なくした指輪に気持ちが残り、なかなか切り替えられなかったけれど、やはり好きな石。新しく求めることにし、前のと似たのを一年ほど探して、ようやく出合えました。

それをまた、なくしたのです。

兆《きざ》しのようなものはありました。仕事先で、鉄製の重い扉を急いで押し開け通ったときのこと。扉が思ったより早く閉まり、手を挟みそうになった瞬間、固い衝撃があって、指輪の石だけが床に転がり落ちていたのです。すぐに拾って自分で台にはめ直しました。

今回も仕事につけていったときです。その日も部屋から部屋へ行き来したり、入れ替わり立ち替わり人が現われたりで、ふと指輪に目をやれば、台だけになっていた。

好きな石なのに、なんで同じ石ばかりなくすのか。もっと注意していればよかったと悔やまれます。

でも、もしかしたら私の代わりに難を引き受けてくれた？　二回ともあちこちに神経をとられ、どこかで余裕を失っていた？　そういうときは事故が起こりがちなのです。

すぐに次のを探すのは、前のに悪い気がしてできずにいるけれど、インカローズは私にとってやはり身につけていたい石です。

中学の同窓会

50歳になった年のいちばんの記念すべきできごとは、同窓会への参加です。
中学を同じ年に卒業した男女が一堂に会して立食形式。
ドラマの中の同窓会は幸せ比べをしてみたり、思わぬ恋がはじまったり。
でも行ってみたら、そういう雰囲気は全然なかった。
何といっても三五年ぶり。名札と顔に数秒間目をあてて、
「わあ、◯◯？　わかんなかった！」
あだ名を呼んで、女子ならば握手をしたり抱き合ったり。
会う人ごとにその騒ぎを繰り返し、クラス別の集合写真を撮ってあっという間に終了。
後日、となりのクラスで仲のよかった女子からメールが来ました。

「いいなあ、△△君と同じクラスで。中学のとき、憧れでした」

そう、中学の頃にクラスが違うのは、恋愛における決定的なハンディでした。いつも同じ教室にいれば自然と口をきく機会があるし、うまくすれば同じ班にもなれるのに。

「今回も結局、近くに寄れずじまい。でも彼って、相変わらずいい感じで、ほっとしました」

実は私は、今回もっと積極的でした。中学・高校を通して遠くから見ていた男子と話し込んだのです。

内容は先方の子どものことや私の親のこと。仕事上、介護施設とも関わりがあるそうで、「お父さん、もし必要になったら、どうぞ」と、ありがたい「お誘い」を受けました……。

この年齢での同窓会はいいものです。若いうちなら、気になっていた人の結婚を知り、ひそかに残念に思ったかもしれないし、「へたに片思いが復活したらどうしよう。万が一、両思いにでもなった日には、人間関係複雑になりすぎる」とあれこれ考え、言葉を交わすこともたぶんしなかったでしょう。

50歳になると心にそうした揺れはなくなって、憧れの人がいい年のとり方をしていることで心おだやかに満たされる。

そんな例ひとつとっても、30代、40代より生きづらさがやわらいでいると気づくのです。

化粧ポーチを替える

化粧ポーチが替えどきです。毎日目にするものなのでかえって気づきにくいけれど、かなり汚れて角がほつれてきている。

常にバッグに入れている割りに愛着を抱いていない自分にも気づきます。たぶん買い物の景品か雑誌の付録でもらったもの。前のが傷んできたときにたまたまもらったので使うようになったのでしょう。

私のバッグの中はほとんどそう。ハンカチもティッシュペーパーカバーも、自分で選んではいない。行き当たりばったりのものどうしで、趣味も色も不統一。調和がとれているとか、互いに居場所を得ているとかいう感じはなく、見ても幸せな気持ちにならないのは当然なのかもしれない。

いわば惰性で持ち歩いていて、引き出しには未使用のままのハンカチがたくさん詰まっている。これって、ものも自分も粗末にすることなのでは。

この機に改めようと考えました。

いまあるものは資源の回収に出して整理する。

正直に思い出してみる。布物で自分はどんな柄に安らぎをおぼえるのだろうか。小花や水玉などの古典的で懐かしい模様。世界名作童話の挿画にあったような鳥かご、馬車、木、家などの絵にひかれる。

年がいもない趣味だけれど、バッグの中はごく私的な空間だから、好きなものを置くことを自分に許そう。

化粧ポーチをはじめとし、少しずつ趣味に合うものをみつけてきて、今、私の引き出しにはハンカチ四枚、ティッシュペーパーカバーが二枚。こまめに洗って乾くまでの間交代で使う。引き出しの中は前と比べて空いたけれど心は満たされています。

大切に思えるものを少なく持つ暮らしへの、ささやかな方向転換。50歳という年齢がきっかけになりました。

お肌の手入れ、どうする？

化粧水をきちんとつけるようになりました。

洗顔後は掌《てのひら》でよく肌に滲《し》みこませる。コットンなりティッシュなりに含ませ、目の下や頬にしばらく貼ることもときどき。

その前はマメな人が聞いたらもう卒倒するくらい手抜きのケアだったのです。薬局で数百円で売っている白色ワセリンを塗るだけ。

化粧品、乳液、クリームのフルラインを揃えたことは何度かあり、使った感じはなかなかよくても、いくつもつけるのが少々面倒。せっかちなので、化粧品が浸透するまで待っていられず、重ねた乳液やクリームが上滑り。

「皮膚の上からそんなに入っていくものでもないのでは？　それよりは肌に元からある水分を逃がさぬよう、早く油でフタをしよう」と考えて、洗顔後すぐのワセリンに切り替えました。

こんなふうに独特な理屈に基づくことに私は走りがちなのです。これも話せば呆れられるのだが、40歳までUVケアもしていなかったのです。「健康な皮膚ならシミができかけても、新陳代謝で押し出される。UVケアで肌を傷めるより、肌の健康を保つほうが大事でしょ」

単に手抜きの正当化のようだけど、自分ではそう固く信じていました。母があれこれつけないわりに肌がキレイだったのも、その傾向をより助長。

母が70代半ばで亡くなったとき、鏡台に遺されていたのは「ももの花」くらいだったのに、棺の中の顔はシミやシワひとつなくしっとり。でも母と私とでは、若い頃の肌を取り巻く環境が全然違うはず。昔は今ほど紫外線が強くなかったし、エアコンをあまり使わず湿度も程良く保たれていたのでは。

今、50歳の私は、積年のシミと乾燥を抱えている。ヘンな理屈をこねず、標準的とされる基本のケアを素直に続けてきた女性のほうがずっとキレイなはず。ふつうの手入れが、結局はいちばん確かなのかもしれません。

健康な肌がすてき

メイクアップ・アーティストの男性と話す機会があったとき、私はメイクする前の顔の血色がそもそもよくないと指摘されました。

思い当たります。素顔が鏡に映ったとき、赤みがさしていたおぼえはなく、冬も夏もいつでも寒そう。彼のお連れ合いが私と似たタイプだったと言います。彼女のことを10代から知っているけれど、疲れるとすぐにくすんで、そのくすみがなかなか抜けなかったと。

過去形で語るわけは、このところ加圧トレーニングに通い始めたら、みるみる変わったのだそうです。肌の色つやがよくなり、もうすぐ50歳の今が、人生においていちばん肌がきれいだというのです。

そうなのか！　驚いて、いろいろなことを考えました。

自分でも気にして努力はしているのです。

冷え性でもあるし、基礎代謝を上げたほうがよさそう。それには何より筋肉をつけないと。そう考えてジムでの運動もこの半年はジョギングではなく筋トレにし、週二日から三日は通っている。にもかかわらず効果はあまり出ていない。少しへこむ。私は筋肉がつきにくい体質なのかもしれない。

加圧トレーニングがいいとは以前も耳にしたことがある。専用の器具で腕や脚のつけ根に圧をかけてトレーニングすると、詳しい仕組みは知らないが筋肉がつきやすくなる。代謝は活発化し、成長ホルモンの分泌が促進されて美肌にもなると。

家の近くにないかしら?……帰宅後調べてみると、あることはあるが、入会金や月々の費用を思うと今の私には厳しそう。

でも失望することはない。何よりの希望は10代より50になる今のほうが肌が生き生きしているという実例を聞けたこと。そんな方法もあるのだと心にとめて、とりあえず自分の身の丈に合った、ふつうの筋トレにいそしみます。

髪のボリューム問題

知人と会ったときのスナップ写真が送られてきて、息を呑んだ。

髪が薄い！　頭頂部の毛がはりついて地肌の色が透けて見えそう。

私ってこういうふうだったのか！

気をつかう部分ではあるのです。加齢につれ頬が垂れて顔の輪郭が下がるので、髪はトップにボリュームを持たせ、重心を上に置いてバランスをとりましょうと、女性誌の「40代からのヘアスタイル」といった特集にもよく書いてある。

根元にゆるいパーマをかけ、ブローのときも下から風を入れて、ふっくらと立たせるようにはしています。

写真の日もてっぺんだけブローして出かけた。でも、この日はたしか雨。

濡れそぼって行ったわけではなく、傘をさしていたけれど、湿気で元に戻ってしまったのでしょう。そんな場合、パーマもあまり功を奏さないようで。

「何か別の手を打つほうがいいのかな」

写真を前にしばし腕組み。今まではフェイスラインとの関係で考えていたけれど、もうそういう相対的な問題ではなく、髪そのものが絶対的に薄くなってきているのかも。

女性の薄毛の悩みに応える商品がときどき広告されている。商品が何だかは忘れてしまったが、あの悩みはこういうことかと、はじめてわかった。

美容師さんに相談すると、私の髪は本数が少ないわけではなく、根元の向きが寝て生えていると。でもそれはもとからのはずで、特にこの頃ボリュームがなくなったと感じられるのは、一本一本が細くなっているのかもしれないとのこと。

「ヘアピースをお使いの方もいらっしゃいますよ」と美容師さん。

ヘアピース？　昔の映画の登場人物がかぶるような、作り物めいたイメージがあるけれど……。

「使い慣れると便利らしいですよ」

苦心してブローするよりずっとラク！　とお客さんが話していたそうです。

そういう選択肢もあり、の世界に入ってきたのだと、感慨深いものがありました。

カラーリング初体験

美容院に行きました。初めてカラーリングをしました。

白髪は前からあったのです。でもずっとヘアマニキュアで頑張っていました。カラーリングは髪が傷むと聞いたからです。

ヘアマニキュアは、髪の中まで色をしみ込ませず、表面をおおうだけ。完全には染まらないし、洗うたび少しずつ落ちて長持ちしない。

それでも「傷んでやつれた髪よりも、健康的な髪のほうが、生き生きした印象なのでは」と思っていました。

けれどもそろそろ限界に。

白髪が増えたし、ベストの状態でいられる期間がやはり短かすぎる。

カラーリングに切り替える前、美容院でヘナも試しました。クレオパトラのその昔から使われている伝統的な植物染料。ヘナ一〇〇パーセントだと染まるのに時間がかかるため、今は他の成分も加えてあるという。かぶれる人もいるそうで、あらかじめパッチテストをして臨む。

仕上がりはとても満足。よく染まるだけでなく、張り、ツヤも出る。「かぶれない体質でよかった。この先一生、ヘナでいこう！」と、鏡の前でガッツポーズをとったほど。

ところが一日経って頭皮が何やらむず痒い。さわると瘡蓋《かさぶた》らしいものがたくさんできている。

私の場合、反応は遅れて現われたようだが、ヘナを諦めたくないばかりに、「これくらいは、かぶれたうちに入らない！」といつもの自己流解釈でがまんしていた。

尊敬する人生の先輩の知人は言います。

「天然だから肌に優しいとは限らない。ウルシにかぶれる人もいる。カラーリングの薬剤もどんどん改良されていることだし、一度してみたら？」

たしかに私は決めつけていた。先入観で拒否するのは頑《かたく》なすぎる態度かも。と、まあ、そういう経緯で初のカラーリング。染まり具合はよりきれいで、髪のきしみは今のところ感じない。回を重ねて傷んできたら、また別の方法に挑戦するかもしれません。調べると海藻由来の染料も出ているそうです。知らないものがまだまだたくさんあります。

どうカロリーを消費するか

前髪を切ったら、なんだか顔が丸くなった印象。髪から出る面積が広くなったせい？　久しぶりに体重計に乗ってみると、わっ！　自分にとってのベストより、三キロ近くオーバーしている。いつの間に？

プール通いは続けているし、週一回泳ぐことを維持している。

むしろ、それが油断のもとかも。「このところ運動しているから、少々食べ過ぎてもだいじょうぶ」という気になってしまい、摂取カロリーが消費カロリーを上回っていたのでしょう。

そもそも、運動でどれくらい消費するものなのか。

測定しやすいウォーキングマシンで調べてみる。スポーツクラブのプールに行っているので、そこには各種の機械もあるのです。

今どきのウォーキングマシンは始める前にいろいろな設定が必要。インストラクターさんに教わりながら画面を操作します。

最初のうちは危なっかしい。着地面が常に後ろへ流れていて、まるでエスカレーターを逆走するような感じ。気を抜くと足をとられそう。勢いよく腕を振ると、手すりにぶつけて、イタタタ。

慣れてくるに従い速度を上げて傾斜もつけて。最後のほうは一時間に六キロの、ジョギングに近いペースで歩いていた。

一時間で終了。消費カロリーが画面に出る。二六〇。数字を目にしてもピンとこない。食べ物にするとどれくらいなのか？　帰りに寄ったコンビニで試しにいくつかの商品を見れば、アイスクリーム一個がちょうど同じカロリー。早歩きでもこんな少ししか減らないとは……。

主要な食べ物のカロリー換算表がいるなあ。そもそも基礎代謝が加齢につれて落ちているはずだし。いろいろな数字が気になってくる年頃です。

加圧トレーニング、始めました

「いつかしたい」と思っていた加圧トレーニングに行き始めました。週一回でジム三回と同じか、それ以上の効果があるといわれるもの。

ひと月も経たないのに、腿《もも》の表も裏もすでに硬くなっています。

「週一回、必ずその時間を作るなんて不可能」と最初は思ったけれど、筋肉がついてきたようで気分がよく、来月もそのペースで予約を入れました。

一回につき六〇〇〇円の出費は、私にとって痛くはある。でも服をがまんしても、全体の印象が生き生きするほうをとりたい。体ができてからは半分のペースで通い、維持していけばいいというのも背中を押した。

夜、その時間になったら、仕事を中断しても出かける。「きりのいいところまで仕事し、もし時間が余ればする」と運動を位置づけている限り、いつまでも始められないと過去の経験で身にしみました。

トレーニングが済んだら、その足でいつものジムへ。加圧後の有酸素運動はいつも以上の効果と聞き、ジョギングをして風呂まで入って帰る。

残りの仕事を終えるのに日付を超えることもあるけれど、張り合いをもって臨めます。

心にはずみのある動き方をしていて思うのは「昔より健康的だな」ということ。病気した40代ではなく、その前と比べてみても。

かつては頑張りは利きました。一日中悪路を行くような仕事でも率先して歩き、急な予定変更も顔色ひとつ変えず乗り切る。反面、肩こりや腰痛がひどく、胃薬を手放せなかった。

若さと「丈夫な私」というセルフイメージで自分を引っぱっていたのでしょう。仕事より運動を優先するなんて発想は皆無でした。

胃薬の世話になることもめったになくなって、仕事で少々無理することはあっても、あの頃より機嫌のいい日々を送れている気がします。

ガラクタばかりの宝石箱

装身具はフタ付きのかごに入れています。「宝石箱」とひそかに呼んでいるけれど、開けてときどき笑いそうになる。50代の女性の持ち物とはとても思えないなあと。

大ぶりの首飾りがほとんど。パーツは花の形だったり、不揃いな輪っかや玉であったり。

かわいいですねと言ってくれた女性に、首から外して手にとってみてもらうと、軽さに驚いていた。

「天然石かと思いました」

木や椰子《やし》の実をくり抜いたものや合成樹脂です。つないであるのも金属ではなく紐や糸。

私が40代の頃、少し年上の女性があるとき言いました。プラチナの鎖を胸元から引っぱり出し、

「50歳の誕生日に、思いきって大人買いしたの！　お給料の何カ月分かしたけれど、自分にごほうび。頑張ってローンを組んだわ」

プラチナは流行に左右されず価値は不変だそうです。

「何にでも合わせられるから、他にいろいろなアクセサリーが要らなくなる。年齢的にも、一生を通じて愛せるいいものを、一つだけ持っておきたくなったの」

それが50代の買い方かと思ったけれど、今の自分は全然違う。いいものを「持っておく」という、長い時間軸を前提としての発想をしていない。

別に先が短いと感じているわけではないのです。そんなこと誰にもわからない。予測できない将来より、今の気分を大事にしたい。今の自分が身につけてうれしいことが基準。

プラチナは大人の装身具として、確かに非の打ちどころのないものだ。が、

ふだん着でいることの多い私は、つける機会があまりなさそう。そういう判断ができるのも、ありのままの自分とつき合えるようになったからで、成長したと思っていいのかも。

失敗とわかるときが来るかもしれません。

「なんでこんなガラクタみたいなアクセサリーばかり買っていたんだろう」

後になって悔いるかも。

そのときはそのとき。失敗を潔く認めるつもりでいます。

生地屋さんで布選び

よく晴れた昼間。通りの店先できれいな柄の布が揺れています。家庭科で使った布を思い出す。私が中学生だった頃は裁縫の実習がまだあって、木綿の袋やブラウスを作らされたのです。

生地はめいめいが好きなものを買っておく。小花のような細かい模様だと、縫い目で柄合わせをする必要がなく、やさしいですよ」と、前もって先生にそう教わって、駅前商店街にある生地屋さんに行きました。もうずいぶん昔のこと。

久しぶりに布というものを見たくなり、近所の生地屋さんへ出かけました。十数年間、前を通りながら、「布から何か作るなんて、今の私の一日の時間配分では、無理なことだわ」と、自分には関係のない店と思いずっと覗いたことはなかったのです。

入ってみれば、間口の狭さから想像していたよりかなり奥に広い。その壁や棚に色とりどりの布が並んでいる。小花はむろん、白に水色のストライプ、赤白のギンガムチェックと、子どもの頃、誰しも身につけたことがあるような懐かしいものもたくさん。

意外だったのは、店内が混んでいたこと。巻いた布を何本も抱え、カッティングを待つ女性が列をなしている。今は誰しも忙しく、かわいい既製品がいくらだってあるのに自分で作りたい人がこんなにいたのか……。

私も手仕事のものは好きです。刺繍やカットワークを施した服や小物。でもそれは、人が手仕事をしたものが好きなのであって、自分で手を動かしてきたのではなかった。

私も作る人になり、布選びをしてみたい。できあがりを思い描きながらだと柄を見る目もまた違ってくるでしょう。

陽ざしに映えるプリント柄に、触発された一日でした。

上等なコート

この冬も袖を通さなかった焦茶色のウールのコートがあります。

大人のキャリア女性のコートの定番といわれるブランドのもの。ショーウィンドウを眺めて通るだけの店だったけれど、そのコートにひかれて入った。ふれてみると、さすがに生地がいい。地味な色ながら光沢があって繊細で滑らか。照明の下で輝くばかりでした。価格はふだんの私の買い物からするとあきらかに贅沢。でも「40代なのだし、こういうものが一着くらいあってもいいかな」と購入した。それが何年前だったか。

この頃は黒のパンツや靴が多く、そうすると茶は合わせにくく、軽くて扱いに気をつかわない点でも、黒のダウンについ手が伸び、ウールのコートはクローゼットにしまったまま二度の冬が過ぎて、もう春先。

二シーズン着なかったら処分しましょうと、収納の特集には書いてある。「もったいながり」の私は、新聞や雑誌でそのテーマがとり上げられていると必ず目が行く。

あるとき次のような一文を読んで、はっとしました。「高かったから」という理由で捨てられないのは意味のないことです、と。

「もったいながり」とは、どこか自分をごまかした言い方で、あのコートに関しては、その文で指摘されているような気持ちのためなのです。

何を惜しがっているの？　何に執着しているの？　払ったお金？

それって、ものをとっておく理由として一番不純なのでは？　思い出があるからとか、いつか着るかもしれないからとかいうほうがまだ素直。

クローゼットから出し、はおってみてよくわかりました。生地は変わらず滑らかで美しいけれど、重い。そして50を前にした今の私は、重いと心地よく感じられない。買ったときとは違う人に、すでに私はなっているのです。

ふっ切れた思いで、資源回収に出しました。

ときめきを身につける

長いこと袖を通していなかったコートを処分したのをきっかけに、クローゼットの中を整理したら、服と服の間にゆとりができ、取り出しやすくなりました。

詰め込んでいると、互いに押されて、着たいときにはシワや折り目がついてしまっている。そんなふうにして、よけい出番を少なくしていたのだと思います。

それを機に考えたのは、ふだん着るもののこと。ここ数年の私は、カットソーやニットのワンピースにレギンスという動きやすい服装だけれど、店で見て「きれい!」と心躍って買ったものは、クローゼットにしまいっぱなしになりがちだった。

せっかくのすてきな色やデザインでも、家で着るとどうしてもシミがついたり型崩れしたりする。だから、ふだん着には洗濯しても汚れがとれなくなったものや生地の傷んだもの、目にしても前ほどは幸せを感じなくなったものを着ていました。

ほんとうに気に入っている服は、外へ行くときのためにとっておき、比べればいまひとつだけれど、まあまあ趣味に合うものを二番手として家用に、安売り店でわざわざ別に買うこともあったのです。

でも、それってヘンだな、と。

二番手とされた服には失礼だし、一番手のほうだって出してみると、自分にとっての「旬」を過ぎてしまっていることもある。

まだ来ない、いつかのための仮の時間として今日を生きてはもったいない。一日一日を大切にと、思ってきました。

「食」について言えば、人生におけるごはんの回数は限られている。ならばできるだけぞんざいにせず、心からおいしいと感じるものをと思ってきました。

「衣」についても、同じだと思うのです。

着古すことを惜しんではいけない。惜しむべきは、着ないで古びさせてしまうこと。これからはときめきが新鮮なうちに一回でも多く身につけよう。

そう考え直したのです。

もどかしくても、ゆっくり、長く

50歳になる前に新しく始めたことがあります。走る健康法です。

40代に入ってからマラソンに挑戦する女性が、周囲に何人もいたけれど、「私にはあり得ないな」と思っていた。

笑顔を保てるくらいのゆっくりとしたペースでなら、誰でも長く走れると聞き、心が動く。具体的には時速四〜五キロ。ジムのマシンで測りながら試してみると、ほんとうに一時間走り続けることができた。

人に話すと、「運動はしていなくても、もともとスポーツ向きの心臓だったんでしょう」と言われるけれど、全然、です。若いときから不整脈があるし、人間ドックの画像検査で自分の心臓を見たら、頼りない影。理科の図で習った、たくましい握り拳《こぶし》のようなものとは、似ても似つかない。

「まあ、個人差がありますし」と医師から慰められたほどなのです。

ついにジムを出て街へ。いつも通る道を走ってみてわかったのは、歩くときの私がどれだけ早足か。時速六〜六キロ半は行っている感じ。せっかちな性分のためでしょう。駅までの間、何人も追い越すし。

それと同じペースでは、一時間なんて絶対にもたないから、抑えて抑えて。後ろから来る人が、どんどん脇をすり抜けていく。

「歩くのより遅い走りなんて、体が無駄に上下するだけでは？」と〝合理主義者〟の私は疑ったけれど、その動きが脂肪を燃焼させるらしいです。

もどかしさについスピードが出そうになるので、走りながらしょっちゅう口角を上げ、「私は今、笑顔でいるか」と確かめる。すれ違う人にしたら、かなり不思議かも。

日常の移動と運動とを兼ねられればいいけれど、目的地へと気が急ぐときには向きません。私の場合、歩くほうがずっと速いので。

努力してゆっくり。これからの私のテーマです。

老眼鏡な毎日

老眼鏡を作って一年余り。眼鏡そのものが初めてだったけれど、幸い、それほど抵抗感はなしにすみました。

使うのは小さな字を読むとき。新聞、文庫本、商品の取扱説明書などです。

老眼鏡って、単にピント合わせを補助するだけでなく、拡大して見せるんですね。それもピント合わせのうちに入るのでしょうか。外したときと比べると、字が一・五倍にはなる感じ。

たまにかけたまま洗面所へ行くと、鏡に映った自分に驚きます。

顔が大きい！　鏡に近づき、つい覗き込みます。眉毛がすごく不揃い！　瞼《まぶた》の上にも生えてきている。整えるのをしばらくサボっていたものな。

傍らの小物入れから毛抜きを取り出し、抜きはじめます。レンズにあたらぬよう注意しながら、一本一本挟んで引っ張って。

頬の毛穴もこんなにも目立つのか。女性の美容特集で、加齢に伴い毛穴が開いてきますと読んでも、「私は年の割りに、それほどでもなさそう。シンプルケアがかえっていいのかしら」と思っていたけれど、なんという勘違い、なんという図々しさ。

開いていないのではなく、開いているのが老眼のせいで見えない、だけだったのですね。

メイクについても心配になってきます。以前、年配の女性と向き合って話していて、「アイラインを、どうしてこんな太くてガタガタの線に引くのだろう?」と不思議でした。あれは、細かいところまで見えなくて、だいたいの「勘」で筆先を入れていたのでしょう。今の私がまさしくそう。

人から見ると、工事中の道路のように激しく凸凹しているのかも。

「こういうことから、人はコンタクトレンズにするのだろうな」と思いつつ、せっかく慣れた眼鏡から、変えられずにいるのです。

ためない暮らし

体脂肪計に年齢を入力しかけて、「あ、51になったんだった」。

もうすぐ50の誕生日と思っていたのが、ついこの前のことのよう。一年なんて、ほんとうに早い。

この間の変化といえば、収納革命。モノそのものも減らしてきた。服、本、器……。

先日はウッドデッキを外しました。

庭に面した二カ所に設置していたもの。リビングの外側と奥の部屋の窓を出たところ。30代で引っ越してきたとき、張り切って敷き込んだものです。

リビングのほうのデッキには、外の空気を吸いながら、草木の緑を眺めつつお茶を飲むのもすてきかなと、木製のベンチを据《す》えました。

座面を上げると収納ボックスになっていて、宅配でとっているペットボトルの水をその中に並べていた。

奥の部屋の窓の外のは、素足でそのまま出ることができ、洗濯物を干すのにとても便利だった。

でも気がつけば、この頃使っていない。雨風が吹くとどうしても泥で汚れ、サンダルを履くことに。リビングの外でのお茶の習慣もいつしか途絶えてしまった。

耐久性があるといわれるウッドデッキも一〇年以上たつとさすがに傷んできた。ヒビ割れたり歪んだり、土台のほうが腐っていたり。見るたびに心のどこかで重荷に感じ、そういう自分が後ろめたい。ひと頃はあんなに楽しんだのに……。

マンションに植栽管理の業者が入るとき、思いきってウッドデッキもベンチもともに処分をお願いした。取り去って片づけた後のタイル面には、土や埃が積もっていた。十数年溜め込んでいたのです。

箒《ほうき》で掃いて清めるとまっさらに。庭そのものも広くなったよう。

年をとることを考え、身の周りのものを一つずつ消していくのが目的ではない。滞《とどこお》らせずに動かすのが大事。

そのときどきの自分と向き合い、たゆまず更新していくことが大事だと、そんなふうに思っています。

気がつけばいちばん年上

仕事先で話していて、共通の知り合いがいるとわかることがあります。出身県や高校の話題から、

「もしかして誰々って、いませんでした？」

「同学年です。口をきいたことはないけど、名前と顔はわかります。たしか野球部で」

私が思い出せるのは、朝練でグラウンドを走っている姿や、教室移動で廊下を歩いていく姿。上半身に学ランをはおり、下半身は泥だらけのユニフォームのまま。授業のときくらい着替えればいいのに無精なんだからと、女子同士で囁《ささや》き合っていた。

「今、僕の隣の席にいます。もうすぐ部長」

驚く私。記憶の中の姿と「長」のつく役職とが結びつかない。

でも自分の年齢を考えればうなずける。50歳を過ぎたのだ。管理職はむろん、役員になる人も出てくる頃。私がたまたまそういう変化を経験しないできただけなのだ。

振り返ってみれば、会社に属さない私も立場は徐々に変わってきた。はじめはどこに行っても一番年下。打ち合わせでも出張でも。

やがて自分より若い人が現われる。「うちの部の新人です」と紹介され、緊張して名刺を渡されたり。敬語を使う人に囲まれ、

「あ、ここは私が遠慮したり、丁寧にしすぎたりしたら、皆がかえって困るんだ」

と気づいて、ふるまい方を修正したりする。必ずしも居心地はよくなくても、努力して慣れ、最近では自分がいちばん年上のこともふえた。

そんなとき、月日の流れを改めて思います。

同学年の世代の人が現場からいなくなるのを思うと、少し怖い。私が面白

いと感じることが、周りとは違っていってしまうかも。

怖いけれどしかたがないし、ある意味で自然。

できるのは、周囲の話に好奇心をもって耳を傾けること、仕事への初々しい気持ちを忘れないこと。そう自分に言い聞かせるのです。

第 5 章

50歳になったら、自由になった

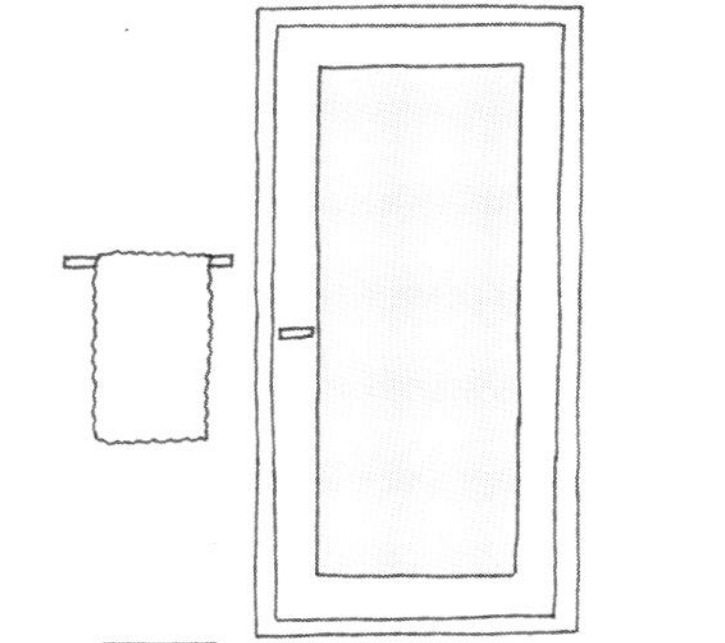

時間貧乏にさようなら

寝室から出てくると、あたりがなんだか蒸し暑い。なにげなく台所を覗いて心臓が縮み上がった。コンロのやかんの火がつけっぱなし！

慌てて火を止め、やかんのフタを外してみれば、完全に乾いている。一滴残らず蒸発し、なおも空焚《からだ》きしてしまったのでした。

「危なかった！」高齢者が火にかけたまま忘れてしまうという話をよく聞くが、自分がそれをするなんて……いくらなんでも早すぎる。

年のせいだけではないかもしれない。そうなる要素が私にはあるのです。時間について貧乏性の私は、なにかひとつをセットしてから、「これを待つ間に、別のことができる」と、たかだか数分であってもつい考え、動いてしまう。パソコンが起動する間に、ファックスを送信する間に、電子レンジで温める間に……と。

このときも帰宅して、まずはお茶でも飲もうとやかんを火にかけ、沸くまでの間に着替えるべく寝室へ。そこで窓の外に洗濯物がぶら下がっているのに気づき、取り入れはじめたのがいけなかった。

タオル類をたたんでしまい、キッチンで使うぶんだけを手にして戻ってきたら、こうだったのです。

この先、物忘れが進むことはあっても、逆はたぶんない。将来、火事を出さないために、時間貧乏を改めないと。

すなわち、二つ以上のことを併行してするのを自分に禁じ、やかんを火にかけたら、沸騰するまでの間、その場を動かず、つきっきりで見守る。

私の性格からすると、がまんが要りそうだ。

お茶をいれるには沸きたての湯がいいように思い、保温ポットは使わずにきたけれど、切り替えるべき？　それとも笛吹ケトルに代えて、沸いたら呼んでもらうことにしましょうか。

手帳を予定で埋めない

仕事先の女性との間で、共通の知人の話題になった。

「岸本さんとも、久々にゆっくりお話ししたいって言ってましたよ」

「お会いしたいですね〜、ずいぶんご無沙汰してしまったし」

で、「ご都合いかがですか？　来週とか再来週あたりは」と、具体的な日取りの相談になると、うーむと考え込んでしまう。

この週は、月曜・火曜が出張。金曜は予定がある。すると、水曜・木曜は、できるだけ何も入れずにおきたいと思ってしまうのだ。

その次の週は月末で、ただでさえせわしないうえ、月曜が祝日だから、その週にすべきことを火曜から金曜の四日間でこなさないといけない。火曜と水曜はすでに詰まっているから、木曜・金曜はなんとしても取っておかないといけないかも。

「申し訳ないけど……難しそう。月が変わってから改めてご相談していいですか」

そういうことが、すごく多い。

会いたいと儀礼的に言っているのではない。嘘偽りはないし、会えば話がはずむこともわかっている。

が、いざ手帳と向き合うとひるむ。

不可能ではない。フルに埋まっているわけではなく、もしも相手が覗き込んだら、「まだまだ白いところがあるじゃない」と言うだろう。でも自分にとっては限度いっぱい。なんとなく立て込んでくるだけで息苦しくなる。

せっかく会うなら、心から楽しめるときにと思うけれど、わがままでしょうね、たぶん。

カルチャーセンターの事務をしている女性が言っていました。問い合わせの電話には、

「水曜日の夜の講座で、今から申し込めるの、ない？　何だっていいわ。そこだけ空いてしまっているのよ」

という悲鳴のようなものが少なくないと。

私とは逆に、予定のない日があることで落ち着かない人もいるのだ。

どちらも社会人としては、ちょっと不適応でしょうか。

夜は街より家にいたい

先日、めずらしく遅くなった帰り、電車の吊革につかまりながら、こんな時間に電車に乗っているのは久しぶりだなと思った。

夜の街にほんと、出なくなった。

学生時代は友だちとの集まりが居酒屋であったし、社会人になりたての頃は先輩に連れられて行くこともあった。年長者がせっかく設けてくれる機会だから、ありがたく臨むものかなと思って行ってみれば、単に酒飲みのお相手をつとめるためとわかったこともあったけれど。

年を経るにつれ、さすがにそういうのはなくなったが、会社としての立場で、「一度ぜひお食事でもしながら。お引き合わせしたい者もおりますし」と言われるとやはり応じていた。おたがいに仕事を続けていきたいからには必要なことだろうと考えられるようにもなった。

でも今は、基本的にはそういう場はなく、あったとしても昼間がほとんど。同じ仕事を一〇年以上してきて、「お食事」からはじめなくてもすむ関係がかなりできているし、前よりもわがままになったせいもある。

外での食事は、気のおけない人とでもそれなりに疲れるもの。慣れない椅子で腰が痛くなったり、周囲でも人が話しているのでふだんよりどうしても声を張り、肩や背中が凝ったり。軟弱なようだけれど、そこまで無理して「お食事」をしなくてもいいかなと。

帰りの電車も混むし、酔っぱらいもいるし、女性ひとりでタクシーに乗るのもまた気ぶっせい(気づまり)。つまりは、夜、外にいることそのものが私はあまり好きでないらしいとわかったのだ。

夜は家《うち》に限ります。くつろげる服に着替えて、本をめくったり、お茶を飲んだり。この安楽と引き替えにするくらいなら、つき合いの悪い人と思われてもいいかと、感じてしまうほどなのです。

戸締まり第一

特別な防犯グッズは持っていない私だけれど、戸締まりだけはかなり神経質なほうかもしれない。

外出するとき、ドアを閉める。

すると、背を向けて歩き出したとたん、不安になるのだ。

ちゃんとロックされたかしら。押し込み方が足りなくて半開きになっていたりはしないか。

疑念にとらわれると、もう引き返さずにはいられない。ドアノブに力をかけて、動かないのを確かめてからようやく出発。

それが毎回なのである。近所の人は、窓から見ていて、「どうせ、必ずまた戻ってくるよ」と思っていることでしょう。

家にいるときもやっぱり慎重。一階なので、洗濯物を干したり取り入れたり以外のときは窓を閉め、鍵までかけている。

寝る前にはさらに二重鍵を。あまり詳しく説明すると、それこそ防犯上よくないけれど、昔ながらの鍵を差し込みロックするもの。

窓によって違うので、鍵束をじゃらじゃらさせながら、家じゅうを点検して回る。われながら守衛さんのようだわ。

おやすみ前に、必ず行う儀式となっている。

眠りにつきます。が、それでもなお戸締まりのことを考えているらしい。なんか寝苦しいなと思って目を覚ますと、ガラス窓一枚隔てたところに人が立っていて、うわあっ！……という夢を、しょっちゅう見る。

別に過去に泥棒に入られたことがあるわけでもないのに、ひとり暮らしって、やっぱりどこかで常に緊張しているのかなあと、戸締まりをめぐる自分の行動に思うのです。

防犯のために必要なこと

世の中、物騒になってくると、戸締まりをきちんとしているだけでは、足りないような気がします。

「うちは、夫も私も出張で留守がちだから。空き巣に狙われやすいかなと思って」と、知り合いの女性は人感ライトを取り付けたそう。近づくとセンサーが作動して、パッと照らすものですね。あれはけっこう威嚇《いかく》効果があるらしい。

ただし設置にはかなりお金がかかったという。その人の家は一戸建てだから、配線から何からすべて自分の負担でしたらしい。

私が住んでいるのはマンション。玄関のまわりは、常夜灯が点いているので夜中も明るい。

守りを固めるべきは庭ですね。特に私は一階。庭に面した大きな窓は、この住まいが気に入っている理由のひとつだけれど、そちらには灯りがなく夜はまっ暗。

人感ライトを付けるには、コードはどこからひっぱってくる？

費用はどうする？

そこで私は考えました。マンションの住人の集まりで、設置を提案するのです。

「許可しますから、どうぞご自分で付けてください」という流れにならないよう慎重に、穏やかに、マンション全体の防犯性の向上、その一方法としての人感ライトの話をした。

幸い、他の住民の方から、近所のマンションの二階や三階で空き巣に入られた例などの話も出て、「一階の人だけの問題ではない」との認識が共有された。

結論として、マンション全体のお金で庭に常夜灯を設置することになった。

人感ライトは一階の各住民の負担だが、配線を含め工事はいっしょにしてもらえることになったので、自分でするよりずっと安くすむ。

ひとり暮らしって、人と関係なく生きているようでいて、実はその逆。ひとりであるだけに、周囲との接点はすべて自分。話の運び方とか協調性といった社会的訓練も、そこそこ受けるものなのです。

都心もいいけど、この町が好き

「やはり都心に居を移そう！」

一時期、かなり本気で考えました。憧れの都心ライフを……なんて思いはなく、ひとえに時間のロスを防ぐため。

住んでいる町は、電車に乗って東京へ約三〇分、新宿へ約一五分。「じゅうぶん近いじゃないの」と言われるかもしれない。たしかに、これで遠いだなんて贅沢だけれど。

でも、仕事先までのドア・ツー・ドアでは一時間はみる。往復だと二時間。例えばひとつの用事がすんで、次の用事まで二時間半空くとします。行って帰って来るとそれだけでほぼ終わってしまうから、都心のどこかで時間をつぶすことになる。

ただのヒマつぶしではあまりに虚しいので、読むべき資料をあらかじめ持っていくがこれがまた重い。喫茶店に入るけれど、二時間以上ずっと座り続けていると腰が痛むし、冷暖房の設定も、必ずしも自分に合わない。騒音や人の話し声も、疲れるもの。

そんなとき、都心に家があれば、いったん戻って、同じ資料を読むにしてもくつろいで読めるのにな、メールチェックなどの事務処理もできるのになと思ってしまう。

時間だけではなく体力の問題でもあるのかも。二時間の往復や、外で長く過ごすことが年とともにつらくなってきた。

前にシングル女性のためのマンション購入セミナーに参加したとき、講師の女性が、「年をとったら、とにかく体力勝負です。長く働き続けるためにも、できるだけ職住接近にしておいたほうがいいです」と力説していたのがよくわかる。

でも踏ん切りがつかずにいるのは、今の町が好きだから。

「遠い」ということ以外に嫌なところがない。

引っ越すと「近くはなったけれど、やっぱりあの町がよかった」と後悔することになりそう。

迷いながら、体力をだましだましながら、当分はこの町で過ごしていくと思います。

寄り道の旅

仕事のメールに添付されて一枚の写真が知り合いから送られてきた。詳しい説明はなく、用件の後にただひとこと、「出張の旅の風景です」と。

移動中の列車の窓から撮ったのでしょう。線路脇に立つ、灰色の瓦屋根の平屋造りの家。そばに宅配便の黄色い旗と一匹の猫、ピントがぼけて写っている。背景はコンクリートの防波堤で、その向こうに曇り空とも海ともわからぬ白っぽい空間が広がっている。何の変哲もない。どの地方都市にもありそうな、日本のどこかと言っても通用しそうな風景。それだけに、彼女にとっての列車の時間がどんなものか伝わってきた。

出張先へ行く途中か、仕事がすんで少し足をのばしてみたのか。いずれにせよ、町をゆっくり回るほどの時間はなかったのだと思います。観光地らしい場所も建物も写真にはなく、それ一枚であることからして、列車に揺られる間だけ旅を感じていたのだろうなと勝手に想像してみる。

いろいろな制約があるからこそ、その時間がとても貴重なものになる。親が高齢化し、東京を離れることの少なくなった私も、似たような旅の記憶があります。

松山で仕事があったとき、帰りの飛行機までの間、西へ行く列車に乗ってみた。町並みで知られる内子《うちこ》でも降りないで、往復できる中でもっとも遠い八幡浜まで行ってみた。ホームに「別府乗り換え」とあり、「別府って、九州の別府？」と驚く。

別府へのフェリーが出ているようでした。港に船を見に行くこともなく、駅構内の店で八幡浜名物のちゃんぽんを食べ、再び列車に乗って帰るだけ。

若い頃なら、そのまま船で九州へ渡ってみる気になったでしょう。今の私に出来心の旅は夢のまた夢。それでも松山へ戻る列車では、不思議と満ち足りた思いだったのです。

高校生の私

卒業生のひとりとして、生徒の父母をはじめとする人たちの前で話すために、高校を訪ねました。

東海道線の旅をしたいと思ったときは、高校のある駅では降りずに通過するつもりでいたけれど、仕事です、途中下車することになりました。卒業以来、実に三〇年ぶりでした。

正門を入ると左に運動場、右には大きなクスノキの樹が立っています。校舎は新しく建て替えたみたい。では前の校舎はどんなふうだったかというと木造なのか鉄筋だったのかさえも思い出せない。

白いかぶりのシャツにゼッケンをつけた体操着の生徒が歩いていく。

「タイクミの季節なのね」と来客のひとりが言いました。タイクミ？　高校のパンフレットをひそかにめくる。対組、クラス別の陸上や競技などの対抗戦。忘れていたのです。

というより、意識的に記憶を消してきたのかもしれません。

高校時代の自分を、私は実は好きではない。いつも人の入り込めない問題を内に抱えているのだと言わんばかりの暗い顔つき。経済状況その他が行き詰まっていたのは確かだけれど、それを言いだせば、どこの家にも何らかの事情はあるでしょう。

事情そのものより、独りよがりの表現の仕方が今となっては恥ずかしい。タイクミなんて言葉を覚えている人、母校の活動に今もかかわる卒業生は、そういった「振り返りたくない自分」が、この場所にはないのだろうと思いました。

ところが、当日来ていた少なからぬ人から、後になって便りが届いたのです。「高校生の頃はコンプレックスがあった」「勘違いの自己表現をしていた」ですって。

高校時代への忌避感のようなものは和《やわ》らいでいきました。あの頃の自分との和解というか、誰にとっても高校時代は恥ずかしい。嫌いな自分をも含めて懐かしめるのが大人というものなのでしょう。仕事でなければ高校再訪はもっとずっと年をとってから、あるいはなかったかもしれません。

50歳で和解の機会を持てて幸せでした。

「女の年輪をましながら」

一枚の切り抜きが手元にあります。数カ月前新聞に載っていた、小さなカラー写真です。

駅のホーム。人はいません。金網を隔てて朱色の花、その向こうに広がるまぶしいくらい青い海。「根府川《ねぶかわ》の海」と題する、茨木《いばらぎ》のり子の詩が、添えてある。

根府川
東海道の小駅
赤いカンナの咲いている駅

たしか高校のとき、国語の先生が朗読してくれた。ねぶかわ、という音の響きが、この詩において大事な役割を果たしていますとの説明を付けて。

東海道線は、高校へ通うのにひと駅だけ乗っていた。制服の10代を詰め込んだ車内に、この先停まる駅の名の放送が、毎日流れていたものです。大磯、二宮、国府津《こうづ》、鴨宮……根府川、真鶴《まなづる》、湯河原、熱海。

耳に心地よいそれらの駅名を、憧れと少しの切なさをもって聞きました。同じ線の延長上にありながら、まだ踏まぬそれらの地。高校生の私は、次の駅で降りてしまうけれど、いつかこのまま乗っていき、自由に旅する日が来るのだろうか、と。

新聞によればその詩は、反戦詩のようです。勤労動員の行き来で通るこの駅に、失った青春への万感を込めたと。

詩とは、自分が読みたいように読んでしまうものですね。そういうことが書いてあるとは知らず、あるいは忘れ、10代の憧れと、憧れた頃への懐かしさのみを抱いていた私。青春に海が似合うのは、今も昔も同じようだけれど。

詩の続きには、こうあります。

女の年輪をましながら
ふたたび私は通過する

平日に休みをとって日帰り旅をしてみたい。あまり混まない時間帯、各駅停車の熱海行きに乗って、この詩にうたわれた海を眺めながら、静かに揺られてみたいと思うのです。

＊「根府川の海」は『茨木のり子集 言の葉I』（ちくま文庫）所収

あの頃に流行った曲

父の年若い友人がダビングしてくれた数本のテープ、10代で耳にしていた曲をふと聴いてみたくなりました。

家にラジオはない、同級生と音楽の話もしない、コンサートもむろん行かない高校生にとって、広い世界へ通じる数少ない窓のひとつでした。

あんまりしょっちゅうかけたのでテープが傷み、切れたり絡まったりしておしまいに。何というレコードからとったのかもわからない。

かすかな記憶をたよりに探し、ＣＤで復刻されているとわかりました。バンド名をそのままタイトルにした加藤和彦の「サディスティックス」は七つの海に乗り出す男たち、「パパ・ヘミングウェイ」は旅する文豪をイメージしたもの。心地よい風が吹き抜けるような、鈴木茂の「ＬＡＧＯＯＮ」。

いとこのお姉さんたちが夢中になっていたグループサウンズは激しすぎ、すり切れたジーンズでギターを抱いたフォークは叙情的で重たくて、自分には合わないと感じていた私に、軽やかで洗練された中にかすかな哀愁の漂うそれらの曲は新鮮でした。

振り返ると、モチーフに共通するのは海でした。私の家は湘南でも山側だったけれど、ときどきわざと通学定期のルートを離れて江ノ電に乗り、海を眺めながら帰っていました。

ある週末の晩、父の友人が父と私を葉山マリーナへ連れ出してくれた。夜の波間に街の灯が浮かび、桟橋のカフェの明かりも溶け出すようで、受験生だった私はただただ見とれたものです。自分もいつかこんなテラスにひとりの大人として佇《たたず》むことがあるのだろうかと。

「懐メロ」といえば、年配の人が聴く演歌のように思っていたけれど、もしかして、これもそうなのかも。昔流行った曲のCDを懐かしい気持ちでかける自分がたしかにいます。

役に立てることはある

忘れがたい東日本大震災。あの日を境に何かが変わったという声を、周囲でよく聞きます。変わったと口にすることに、私はためらいがありました。大切な人を亡くしたり、家をはじめ生活の基盤を失ったり、「何か」どころではなくいっさいがっさい変わってしまった人が、現実にいる。

それでも、あの日以来、しばしば自分を訪れるようになったと認めざるを得ないのは「役に立っていない」という思い。室内をきれいに整えているさなかなどに、後ろめたさを伴いやって来ます。

被災地にまだ足を踏み入れていない。同時代人として、やはりよくないのでは。寒いときはボランティアも少ないだろうし、日帰りで行って、物を仕分けするような作業でも。インターネットで調べても、私の考えるような需要がそうそうあるわけはなく、無力感はいよいよ増すのでした。

そんな折り、マンションで恒例の消防訓練。消防署の人が来て、消火器の使い方を教えた後、講話があります。震災のとき、危険な現場で、直接に人の命を救う消防士の姿は、この上なく崇高なものでした。訓練でも制服姿がいつにもまして頼もしく、尊敬の眼差しで見ていました。

消防の人が言うには、当地区からもたくさんの隊員が被災地に行き、残る人数でふだん三交替のところを二交替で、地区を守っていた。幸い火事はほとんどなくて、助かったと。

聞いて、気づきました。火事を出さないだけでも消防士の負担を減らし、間接的な支援になる。他にもあるのでは。被災地で体を動かす以外にも、役に立てることが。物資や人がスムーズに移動できるよう交通ルールを守るとか。風評に惑わされず買い物をするとか。

ふつうの暮らしにおける、大人としての注意深く落ち着いたふるまいが、支援につながる。そう考え、少し心が救われたのです。

髪型をめぐって友人と

知り合いの女性と三人でいて髪型の話になった。冒険はしにくい年代だけど、それぞれに少しずつ新たな試みはしているようす。長さとか、段の入れ方、すき具合などで。

ひとりが言いました。「私、今、最近の中ではいちばん短いかも」するともうひとりが、すかさず言ったのです。「でも、あなたって長いほうが似合うなって、前にいっしょに撮った写真を見て思ったわ」

私は内心どきりとした。それって、言われたほうにしたら、かなり気分を害するのでは。

むろん私も人の髪型に感じることはある。切り過ぎたんじゃないかな、前のほうがよかったような気がする……と。

でもけっして口には出さない。言ったところで、もう切ってしまった後。元に戻せるわけでもないし。

何よりも本人が、そうしたかったのだ。あくまでも尊重すべき。ゆえに、必ず「それはそれで似合うよ」とコメントし、優劣をつけないよう、すごく注意している。

仮に今のがよかったとしても、やはり同じコメントをする。比べて誉めるのは控える。

「前のよりも似合う」と言えば、「前のは、似合わないのだ」との思いを抱かせ、次はまた伸ばそうかという挑戦心をじゃましてしまう。選択肢を狭めるようなことは言うべきでない。

ところが三人でいたその場で、言われた彼女は、「そうかも〜」と、たんたんとしたもの。

「短いとフェイスラインが、もろに出るしね」

私はちょっと虚をつかれた。

人って結構ふだんから無遠慮な会話を交わしているものなのかも。親しい同士なら、それくらいストレートでむしろ自然かも。

人との間の「言葉の距離感」みたいなものも、私は少しとり過ぎなのかもしれない。意外な方向へと考えさせられてしまった、髪型談義なのでした。

天然酵母のパン

雑誌にひとり暮らし女性の暮らし方の実例が室内写真付きで出ていた。都心の１ＤＫ。好きな町に自由に移り住みたいので、賃貸を続けるつもり。商社で働きながら株の売買もはじめたとか。通勤バッグは年に数回の海外旅行で購入と、なかなかに活動的な人です。

その人の部屋のまんまん中に、テレビより大きなプラスチックの食器棚のようなものが置いてある。スタイリッシュにまとめられた室内で、それだけが違和感があり、じゃまそうでもある。写真説明によれば「天然酵母のパン焼き器」とのこと。

一瞬「えっ？」と思い、次に「ああ、ここで天然酵母が出てくるの、わかる」と深くうなずいた。部屋に不似合いなようでいて、彼女にとっては必然なのでしょう。

私も店で買うときは、天然酵母のパンを買う。

原則としてパンは家で焼いているが、そのときはイーストで。私の持っている機械では、天然酵母だと生種おこしという工程をいったん踏んでから、生種・粉・水を再セットせねばならない。はじめから粉・水とセットでき、一工程ですむイーストより、はるかにたいへんそうなのだ。

でも、天然酵母への憧れは、常にある。天然酵母のほうが、よりパン本来の姿に近く、そのぶん地に足のついた暮らしをしているような気がする。イーストとの違いも実はよくわかっていないのに。

ビニールの壁紙や天井クロスなど、合成建材に囲まれたマンションに住み、パソコンや携帯で、信じられないくらいの量の情報を高速でやりとりし、電気も使いまくっている日々だからこそ、そうしたものを求めるのでしょうか。自分に欠けているものを埋めようとする「補償」の心理として。

天然という言葉には何か私たちをとらえる魔力があるようです。

「かるかん」は大人の味

かるかんというお菓子、ご存じですか。カルメラ焼きとは違います。漢字で書くと「軽羹」。薯蕷饅頭《じょうよまんじゅう》ってありますね。皮の部分に、山芋のすりおろしたのを練り込んである和菓子です。

あのお饅頭の皮だけでできたものを想像してください。見た感じ、何の飾り気もない、まっ白な四角。

家にいた頃は、両親の大好物で、「かるかんをいただいたから」と、いそいそお茶を淹れたりしていた。

子どもの私は、お饅頭かと思って食べても食べても餡《あん》がなく、私のだけ入れ忘れたのではと首を傾げたが、みんなそう。

餡のないお饅頭なんて、黄身のない卵のような、とらえどころのないお菓子で、親たちがなぜそうもありがたがるのか理解を超える味だった。

それが今は、デパートの和菓子売場で目にすると、「あ、かるかんだ」。餡の詰まったお饅頭がとなりにあっても、こちらのほうにひかれてしまう。原材料「山芋、米粉、砂糖」のみというシンプルさが、今どきめずらしい。淡雪のようでいて、お米ならではのモチモチッとした歯ごたえもあり、嚙むうちにそこはかとなく山芋のとろみが出てくる。餡の甘さがないぶんだけ、皮そのものを心ゆくまで味わえる。滋味が深くいかにも体によさそう。

原則的には、お菓子は買わないことにしている私だが、かるかんは、たまに自分に許している。

座布団に坐り、白くて優しいかるかんを堪能していると、両親とひとつ屋根の下で暮らした日々がしのばれると同時に、「大人の味がわかる私に、いつの間にかなったんだなあ」と感慨深いのです。

お盆で食事をする

お盆が好きです。

木でできたものや籐《とう》などの植物を編んだもの。玄米菜食のカフェではよくそういったお盆に、一人分ずつのランチが載って、出てきますね。

安心感と落ち着きをおぼえます。ご飯とおかずと汁物がちゃんと揃って、「この上のが全部、あなたのためのごはんです。さあ、どうぞ」と差し出されているような。

「いただきます」と、思わず手を合わせてから箸をとりたくなる。お弁当を開くときの楽しみに通ずるものや、どこかおままごとふうの懐かしさもある。

同じ一人分のセットでも、アルミや合成樹脂のトレーだと、あてがいっぽくなってしまうけれど、木や籐の自然素材が、温かみをもたらすのかもしれません。お盆って、ものを運ぶためだけの道具ではないなと、しみじみ思います。

家でもお盆はよく使います。台所からその日のごはん一式を載せてきて、お盆ごとテーブルに置き「いただきます」。

ひとりにしては大きなテーブルがあるのに、何もせせこましく詰め込んだまま食事をしなくてもいいのだけれど、この小さくまとまった感じに、むしろほっとするのです。

近所の雑貨店でも、旅先の店でも、お盆には目がいきます。

「あれは、干物のお皿の他、小鉢まで載せるには、ちょっと幅が足らないな」などと、基準はあくまでも一人分のご飯。

この前、心ひかれたのは、古道具屋さんで見かけた松の木のくり抜きのお盆。正方形なので、ゆとりをもって載せられるし、もともと彫りが入っているので、使っているうち傷がついても気にならない。

わが家に登場する日も近そうです。

ベジごはんへの憧れ

また一冊増えてしまった。私の部屋に野菜料理のレシピ本。書店でひかれるものがあるとつい購入してしまう。

私自身、ベジタリアンではありません。それふうの傾向はあるけれど、魚も肉も食べるし、干しえびやいりこのだしも使う。にもかかわらず、わが家の本棚に並んでいるのはベジごはんの本ばかりなのです。

折りにふれて、手にとっては眺める。今からごはんの支度をしなきゃと必要にかられてではなく、たまに空いた時間、写真集でもめくるような気分で。

「なすのグラタンおいしそう！　牛乳もチーズもなしで、できるなんて」

「ハンバーグ……ではなく、ベジバーグ？　どう見ても、ふつうのハンバーグにしか見えないわ」

驚いたり感心したり。

それらをほんとうに作るなら、豆腐をフードプロセッサーにかけたり、玉ねぎをアメ色になるまで炒めたりせねばならず、ふだんのせっかちでせわしない生活と、そのくせものぐさな私の性格とでは、とても無理そう。実際にトライしたことのある料理は、一冊に一品あればいいほうです。

ベジ本は売れているらしく、書店の目立つところにたくさんあるけど、買っていく人のほとんどは、私と似たようなものではないかしら。日本にベジタリアンはそう多くないし、皆さんそれぞれ忙しそうだし。

だからこそ逆に求めるのかも。体によくてスローな暮らしのイメージをベジごはんに感じて。本にあるような食事をすれば、身も心も浄化されそうという憧れ。今すぐはできなくても、書いてあるとおりにすれば自分にもこういう料理が作れるんだ、という安心感。

私たちにとってベジごはんは、「いつか作る料理」なのかもしれません。

ぬか漬けに学ぶ大人の女の生き方

ぬか漬けを作っています。かれこれもう半年以上。

ぬか床は、乳酸菌などの微生物が発酵してできると聞きます。だからなのか、容器を開けるとほんのり酸っぱい匂いがする。

ぬかと塩と水を合わせたものを一週間かけて熟成させ、ぬか床ができました。容器ごと冷蔵庫に入れているので、夏の暑さにも傷まずに持ちこたえてくれた。キュウリ、ナス、キャベツ、ニンジン、カブ……季節の野菜をいろいろ漬けてみる。冬の大根のおいしさはやはり格別です。

とり出した野菜にくっついてきて拭いきれないぬかは、水で洗い流すのでどうしても減っていく。少しずつぬかを追加するようにはしていたけれど、改めて見ると、「相当減ったなあ」と感じ、お米屋さんからぬかを買ってきた。袋のはしを斜めに切ってぬか床の上に勢いよく傾ければ、あらら、かなり多かったかも。

強引に混ぜ込んだものの、次の日、容器を開けても、いつもの酸っぱい匂いがしない。野菜をひとつまみ食べてみても、ほとんどぬかと塩の味だけ。ほどよく発酵するまでまた一週間も待つのかしら。

ぬか漬けは毎日でも食べたい私。発酵を早めようと、乳酸菌でできた整腸剤を入れてみる。インターネットのぬか漬けに関するサイトで、そんな裏技があると書いてあった。

翌日、たしかに匂いは酸っぱくなっている。でもヨーグルトのような香り。マイぬか床とは別物のようだ。ここまで時間をかけてじっくりと育ててきたのに、我ながらなんという愚挙！　魔が差したとしか言いようがない。

ものごとが自然なペースで進むのにまかせる。へたにコントロールしようとしたり急がせたりすると、本来の味わいとは違ってしまう。

大人の女が生きるうえでも、示唆に富んでいるぬか床です。

野菜が季節を連れてくる

無農薬野菜をとっています。週に一回、段ボール箱で届く。関東平野のはしっこ近くにある町の、生産者の組合からです。

箱を開けると、目に飛び込んでくるのは緑色。大根からもカブからも、元気いっぱい茎が伸び、青々とした葉をつけている。

無農薬のよさを感じるのはそういうとき。スーパーでは切り落とされてしまっている葉が、こちらはついている。農薬がかかっていないので安心して食べられる。炒めたり煮びたしにしたりすると、野菜をまるごと味わっているという気がします。

冬のある日、いつものように開けてみると、箱の中がなんだか空いている。大根やカブの葉っぱがない。見えているのは茎の断面だけ。どうして？　興ざめな思いです。

生産者組合からの手紙が入っていて、謎はすぐに解けました。

「東京は暖冬と聞いていますが、こちらは朝晩、霜が降りるようになりました。霜をかぶると、根菜類の葉は黄色く枯れてしまいます――」

そうなんだ。無農薬、無農薬といいながら、畑のこと、植物のサイクルのことなど何も私は知らなかった。

先日届いたカブに葉っぱが復活しました。久しぶりです。山間のその町でも、いちばん冷え込む時期はもう過ぎたのでしょう。

早速、葉だけをオリーブオイルで炒めます。食べてみると、やわらかい。

霜で途絶える前は、茎がもっとも硬かった。

寒さに身構え、節々がこわばってしまうのは、人間と同じでしょうか。

そして今は春の訪れをいち早く感じ、体をゆるめている。季節の移り変わりを野菜に教えられています。

珐瑯のやかん

よそのお宅におじゃまずると、「そういえば、うちにはないな」と気づくのが湯沸かしポット。保温も兼ねたものです。

お茶を淹れたり、漢方薬を溶いたり、濃すぎたコーヒーを薄めたり。家族の誰かしらが、入れ替わり立ち替わり現われて前に立っている。居間における中心的な存在？　一日に何回も水を補充するそうです。

私はこれまでずっと湯沸かし保温ポットなしできました。ひとりだとそうしょっちゅうお湯がいるわけではないし、そのつど、やかんを火にかければいいかと思って。水から沸かすので数分間待つことにはなるけれど。

今使っているやかんは野田珐瑯《ほうろう》の月兎印。喫茶店で誰もが目にしたことがあるでしょう。底からすっと円筒形に立ち上がり、細長い注ぎ口がつるのように伸びて、先端が少し曲がったもの。鉢植えを世話するための水挿しにも似ています。懐かしさと温かみのあるフォルムにひかれました。

琺瑯は、鉄などの金属にガラス質の釉薬《ゆうやく》を施したもので、錆《さ》びにくく長持ち。月兎印のやかんは、職人さんが昔ながらの製法で手作りをしていて、先端の仕上げと塗りは特に熟練の技を要するそうです。

持つところも琺瑯なので、沸いたあとは熱くてミトンをはめないと触れません。傾けるとフタが外れやすく、もう一方の手にもミトンをして支えます。

前に使っていたやかんは、耐熱材付きの把手だったので、ミトンなしでもすぐにつかめ、フタも落ちず片手で用が足りました。それに比べてこの琺瑯やかん、はじめは不便に感じたけれど、「これくらいの面倒を惜しんでどうする」と思い直したのです。

年をとって、そのつど台所に立つのがおっくうになるとか、火を使ってはいけないホームに入居するとか、将来あり得る変化は受け入れるとして、それまでは琺瑯のやかんを使い続けるつもりです。

あ、ミルクセーキの香り

牛乳受けの四角い箱をたまに見かけることはありませんか？　古い家の門や玄関に取りつけてある鳥の巣箱くらいの小さな箱。

牛乳が新聞と同じように、毎朝配達されてきた時代がありました。

私もかすかに覚えている。明け方、自転車の荷台でガラス瓶が揺れてカタカタこすれ合う音を布団の中で夢うつつに聞いていたのを。

箱のない家では、塀の上に瓶がのせてあることもよく見かけました。

幼稚園に行く途中で目にし、「この時間まであそこにあって悪くなってしまわないかなあ」と心配しつつ、並んだ中にコーヒー牛乳やフルーツ牛乳があると羨ましく思ったものだ。色がついていて甘みのある牛乳飲料は、子どもにとって特別なもの。

小学校に上がって間もなくブリックパックが登場し、瓶はとって代わられて、配達もしだいにされなくなりました。

今の飲料はほとんどが、ブリックパックか缶かペットボトル。それほど「昔の人」ではないつもりの私でも、大人になるまでに消えていったものは少なくない。

先日、尾道を旅したときのこと。渡船で三分の向島《むかいしま》へ足をのばしました。人のいない通りを歩いていくと、窓枠を水色のペンキで塗ったセメント造りの建物が現われました。戸口は広く、中に木箱がたくさん積まれ、金属製の蓋をしたガラス瓶が詰まっている。ラムネやサイダーの工場とのこと。

ミルクセーキなる商品を一本買ってみる。

ああこの手ざわり、この重み。ぼってりと厚みのあるガラス瓶は底のへりが丸くて、こすれて少し傷がつき白っぽくなっている。

遠くから来てファンになり、送ってほしいという人もいるけれど、「瓶を再利用して使うため、回収できる範囲を超える規模の商売はできないんです」

と店の人。リサイクル、リユースを静かに変わらず続けているのです。

炭酸水とコンデンスミルクを瓶に閉じ込めたミルクセーキ。ポンと栓を開けると、シュワ～という小気味よい音とともに懐かしい香りがしました。

「おい、シャケあったか？」

週末の食料品店。この頃は仕事が押せ押せ気味で、遅くまで開いているスーパーへ行き、夕飯の買い物をすることが続いていた。

その日は、久しぶりの食料品店での買い物。

昼間から結構人がいるのね。皆が時間に追われている感じの平日夜のスーパーと違い、陳列棚を見て回る人たちの速度も態度もなんとなくゆとりがある。リタイア世代の夫婦らしき二人連れが多いのも特徴的。

その日の私のお目当てはシャケでした。

この店の塩ジャケは特に甘口でおいしい。魚売り場にいると、すぐ後ろで男性が言った。「おい、シャケあったか」

振り向くと60代半ばくらいの男性。妻とおぼしき女性がすかさずうなずき、去っていくところ。ひとつのカートにふたりで手をかけて。

あの男性も好物なのか。家にあることを確認し、安心したのだろう。そうですよね。おいしいですものねと、声をかけたい親近感をもって背中を見送る。それから、胸の中でつぶやいた。「おい、シャケあったか?」

夫婦の〝年季〟のようなものを感じる。連れ添ってきた間にはいろいろな時期があったろうけれど、男性にとってそう呼びかける相手はかたわらにいるあの妻、あの女性以外ないのだろう。

間髪入れず無言でうなずく妻のほうにも、夫の欲しがるものなら熟知しているといった堂々たるものがある。お互いに取り替えのきかない存在になるとは、ああいうことか。

でも、そのときの私には羨ましさや妬《ねた》みはなかった。微笑ましさを感じていた。たぶんおいしい塩ジャケを買えた満足のせいかも。

「おい、シャケあったか?」

帰る道々も。そのひとことを、くり返し味わっていたのです。

やせる食べ方、太る食べ方

最近、運動をより心がけるようになりました。

前は電車に乗っていた二駅、三駅を時間が許すなら歩く。そのわりに効果のほどはいまひとつ。体重は少し減ったものの、体脂肪率にいたっては逆に増えている！　ジムで測ってみて知りました。

食べ方が間違っているのかな？　首を傾げていたところへ、通信販売で購入したものの付録でカロリーブックが送られてきた。これぞ私に必要なもの！　見はじめると、目からウロコのことばかり。

たとえば、夕飯のおかずの一品に塩ゆでの豆を食べたいとき、空豆にするか枝豆にするかは、その日の気分で決めていた。でも空豆は、一カップで四〇〇キロカロリー弱と野菜の中で断トツ。サツマイモをも上回るのです。

青魚同士、似たようなものかと思っていたアジとサンマも全然違う。サンマのほうがはるかに高い。同じアジでも、塩焼きより開き干しを焼いたほうがカロリーが多くなるのは不思議。開き干しのほうが脂がより落ちると思うのに逆とは！　驚きの連続です。

40代以上の女性向けの雑誌で、「やせられない人の食べ方」を特集していてつい買いました。特集になるということは、多くの人に共通の悩み。脂肪がつきやすい年頃ですものね。

ダイエットには、いろいろな流儀があるようだけれど、読んでつかめてくることは、昼よりも夜を軽くするのがいいらしいということ。夜は炭水化物をとらない、という方法もあるくらいだ。

同じ雑誌に、「やせている人の食事」も載っていて、こちらは皆さん、夜にいちばんボリュームがある食事だ。お米のご飯もしっかりとっている。

つまるところ、何が正解？　カロリーブックを片手に、自分でいろいろ工夫してみるのも面白そうです。

本作品は、ミスター・パートナーより刊行された『40代のひとり暮らし』（二〇〇七年四月）、『40代、ひとり時間、幸せ時間』（二〇一〇年二月）、『五十になるって、あんがい、ふつう』（二〇一三年四月）を一冊に纏め再編集し、加筆・修正を加え、改題して文庫化しました。

企画・編集：矢島祥子（矢島ブックオフィス）

岸本葉子（きしもと・ようこ）

1961年神奈川県鎌倉市生まれ。東京大学教養学部卒業。生命保険会社勤務後、中国留学を経て文筆活動へ。日々の暮らしかたや年齢の重ねかた、旅を綴ったエッセイの執筆、雑誌や講演など精力的に活動し、同世代の女性を中心に支持を得ている。2001年に虫垂がんの手術を体験。18年4月よりEテレ「NHK俳句」第2週の司会を担当している。

主な著書　『ひとり上手』（海竜社）、『ちょっと早めの老い仕度』『俳句、はじめました』（角川文庫）、『がんから始まる』『ためない心の整理術』（文春文庫）、『週末介護』（晶文社）、『50代からしたくなるコト、なくていいモノ』（中央公論新社）他。

岸本葉子公式サイト
http://kishimotoyoko.jp/

だいわ文庫

50歳《さい》になるって、あんがい、楽《たの》しい。

著者　岸本葉子《きしもとようこ》

二〇一八年九月一五日第一刷発行

発行者　佐藤 靖

発行所　大和《だいわ》書房
東京都文京区関口一―三三―四　〒一一二―〇〇一四
電話　〇三―三二〇三―四五一一

フォーマットデザイン　鈴木成一デザイン室

本文デザイン　長坂勇司

本文イラスト　祖父江ヒロコ

本文印刷　信毎書籍印刷

カバー印刷　山一印刷

製本　ナショナル製本

ISBN978-4-479-30722-8
乱丁本・落丁本はお取り替えいたします。
http://www.daiwashobo.co.jp